Deseo™ 04/08

# Un hombre diferente

### Paula Roe

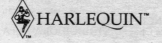

HARLEQUIN™

Editado por HARLEQUIN IBÉRICA, S.A.
Hermosilla, 21
28001 Madrid

I.S.B.N.: 978-84-671-5579-2
Depósito legal: B-44393-2007
Editor responsable: Luis Pugni
Composición: M.T. Color & Diseño, S.L.
C/. Colquide, 6 portal 2 - 3º H, 28230 Las Rozas (Madrid)
Fotomecánica: PREIMPRESIÓN 2000
C/. Algorta, 33. 28019 Madrid
Impresión y encuadernación: LITOGRAFÍA ROSÉS, S.A.
C/. Energía, 11. 08850 Gavá (Barcelona)
Imagen de Cubierta: DIEGO CERVO / DREAMSTIME.COM
Fecha impresion para Argentina: 9.6.08
Distribuidor exclusivo para España: LOGISTA
Distribuidor para México: CODIPLYRSA
Distribuidores para Argentina: interior, BERTRAN, S.A.C. Vélez
Sársfield, 1950. Cap. Fed./ Buenos Aires y Gran Buenos Aires,
VACCARO SÁNCHEZ y Cía, S.A.
Distribuidor para Chile: DISTRIBUIDORA ALFA, S.A.

# Capítulo Uno

Casado.

Finn Sorensen tenía una esposa. Y, aparentemente, vivía en Australia.

Un desastre de proporciones gigantescas.

Finn removió el bourbon con hielo, que no había tocado, sin fijarse en la coqueta sonrisa que le dirigía la azafata.

Su misteriosa esposa había heredado un diez por ciento del imperio de joyas de su padre, Nikolai. Eso, si encontraba el testamento. Si no, la ley danesa decretaba que las acciones fueran a la última esposa de su padre.

Marlene, su egoísta, egocéntrica y fría madrastra, que se agarraría a esas acciones desde la tumba, si pudiera.

Concentrando su atención en la ventanilla del avión, Finn miró la negrura del exterior, dos mil metros por encima del suelo.

Su vida había sido una revelación surrealista después de otra desde el accidente que había llevado a su padre a la Unidad de Cuidados Intensivos y borrado parte de la memoria de Finn.

A partir de varias fotos y cartas, había empezado a descubrir ciertos detalles: que había conocido a su esposa el año anterior, en Sidney. Y que fue amor a primera vista, según su prima Louisa.

Pero, por cada información alegre, su madrastra le mostraba la otra cara de la moneda. «Buscavidas». «Pobre emigrante irlandesa». «Engañosa, airada, discutidora».

Finn apretó los labios. Marlene utilizaba insultos pero no daba detalles. Y cuando se los pidió, se negó a dárselos.

–Te dejó plantado, Finn. Tú nunca has perdido el tiempo con el pasado, así que olvídala y concéntrate en la empresa.

¿Cómo podía concentrarse si era incapaz de recordar nada?

¿Cómo iba a concentrarse con ese maldito cosquilleo, como hormigas recorriendo su espalda? La sensación de saber las cosas a medias lo comía por dentro, haciendo que una delgada capa de sudor cubriera su frente.

Finn la apartó de un manotazo y llenó sus pulmones de aire. Marlene se había portado correctamente… hasta el día que murió su padre. Entonces sacó las garras, hablando con varios miembros del consejo de administración para que la votasen a ella como nueva presidenta, convenciéndolos de que él no era capaz de hacer su trabajo. Ahora exigía que se cumpliera el testamento de su padre. El primer testamento.

Y su visita al cuartel general de la empresa en Copenhague sólo había despertado más preguntas. A pesar de la confesión sobre un codicilo, una nueva cláusula en el testamento, que Nikolai había hecho en su lecho de muerte, Finn seguía sin encontrarlo. Los abogados de la empresa no tenían constancia ni estaba entre los papeles privados de su padre. Y él no recordaba nada.

Sólo sabía una cosa: si no hacía algo, perdería el legado de los Sorensen, la razón de su padre para vivir.

De modo que llevó el caso ante un juez, que acordó darle dos meses para encontrarlo. Por eso se dirigía a Sidney. Por eso iba a viajar durante veintiséis horas desde Copenhague a la espera de que algo despertase su memoria.

Las maquinaciones de Marlene seguían quemándolo por dentro. Hasta que supiera más, hasta que pudiera confiar en Ally, si podía hacerlo, se guardaría para sí mismo los detalles del codicilo. Y cuando lo encontrase, le ofrecería una buena cantidad para tenerla contenta.

Pero algo le decía que debería haber confiado en ella una vez. Al fin y al cabo, la había pedido en matrimonio. Se habían casado. Debía de haber habido algo entre los dos…

O quizá Marlene tenía razón.

Sólo había una manera de averiguarlo. Finn se llevó una mano a la sien para intentar controlar el dolor que empezaba detrás de los ojos y susurró:

—Por Dios, padre, ¿en qué estabas pensando?


El teléfono.

El sonido interrumpió el sueño de Ally McKnight, que tiró un libro, una bolsita de caramelos y un cuaderno de la mesilla antes de encontrar el auricular.

—Por última vez, Tony, es muy tarde —murmuró, medio dormida y sin abrir los ojos—. Llevo toda la noche trabajando y no hace falta que llames para controlarme cada media hora porque...

—¿Ally?

—¿Eh?

—Soy Finn.

La sorpresa hizo que abriera los ojos inmediatamente. Iba a decir algo, pero los pensamientos se agolpaban en su cabeza. ¿Qué podía contestar?: «¿Quién? Ah, ya. El marido que no quiso a nuestro hijo». Incluso «lo siento, se ha equivocado». En cualquier caso, frases pronunciadas con frialdad ártica. Pero en lugar de eso...

—¡Llámame a una hora decente! —le espetó, antes de colgar con manos temblorosas.

Seguía mirando el teléfono cuando volvió a sonar.

–Mi móvil tiene la batería cargada, así que puedo estar llamándote toda la noche –le advirtió Finn.

–¿Qué quieres?

–Tengo que verte –la profunda voz masculina, con ese cálido y sensual acento escandinavo, provocó una docena de sensaciones por todo su cuerpo.

–¿Perdona?

–Que tengo que…

–Verme, ya.

¿Qué había sido del tono frío que tantas veces había ensayado, por si llegaba aquel momento? Ahora, sin embargo, sonaba tan temblorosa y tan torpe como una quinceañera.

Ally dio una patada a las sábanas y se levantó. Por fin iba a hacerlo. Dos meses, tres semanas y cinco días desde que lo dejó plantado, su marido había decidido firmar los papeles del divorcio.

–¿Ally? ¿Sigues ahí?

–Sí. ¿Por qué?

–Necesito que me hagas un favor.

–¿Un favor? ¿Qué clase de favor?

–Para empezar, estoy atascado en el aeropuerto por la huelga de transporte. No hay taxis ni autobuses…

–¿Estás aquí, en Sidney?

–Sí.

Ally se dejó caer pesadamente sobre la cama, el colchón protestando bajo su peso.

–¿Por qué estas aquí?

–Mira, Ally, he viajado durante veintiséis horas y necesito darme una ducha. Ven a buscarme y entonces lo discutiremos.

Una réplica muy típica de Finn: una orden. En el tono de alguien que se pregunta: «¿por qué se está poniendo tan difícil?». Pero el calor, la intimidad de esa voz invadió su sentido común. Y esa traidora mente suya volvió al aeropuerto internacional de Copenhague...

Era una fría mañana de diciembre. El tiempo, como ella, triste, nuboso, gris. Era tan ingenua entonces, estaba tan enamorada. Por eso se marchó.

«Y ahora, después de tanto dolor, ahora que habías conseguido esconder esos recuerdos para siempre, él vuelve a tu puerta».

–Hemos terminado, Finn –le recordó–. Dijiste… –Ally se atragantaba con las palabras, pero el orgullo la obligó a seguir adelante–. Estás con otra persona. ¿Por qué voy a ir a buscarte?

–Pensé que habíamos quedado como amigos…

–Los amigos no aparecen así, sin avisar, en medio de la noche –lo interrumpió ella. «Y los amigos no te rompen el corazón»–. Ya no somos amigos, Finn. Somos ex marido y ex mujer.

–Pero aún no somos exactamente eso, ¿no?

Ally contuvo el aliento.

–Mira…

–Quiero que entiendas…

–¿Que entienda qué? Tú nunca me entendiste a mí. Una de nuestras muchas diferencias.

–Tengo los papeles del divorcio. Quieres que los firme, ¿no?

–Puedo solicitar el divorcio sin tu firma.

¿Era un suspiro de exasperación lo que acababa de oír al otro lado del hilo? Seguro que sí. Ella siempre le había frustrado porque no era predecible, como a Finn le gustaba.

–Ally, no me dejas otra elección. Tu apartamento…

–¿Qué pasa con él?

–Yo soy el dueño de todo el edificio.

Ally miró el teléfono, incrédula.

–¿Cómo…? ¿A qué estás jugando?

–No estoy jugando a nada. Ven a buscarme y te daré todas las explicaciones que quieras. Te espero en la floristería de la terminal.

Y después de eso, colgó. Ella miro de nuevo el teléfono, incrédula. Había colgado. Le había colgado.

«Será hijo de…».

Ally colgó el teléfono con tal fuerza que le pareció oír un crujido.

Era una broma. Tenía que serlo.

Apretando los puños, se obligó a sí misma a recuperar la calma. Poco a poco, mientras se tocaba el apenas hinchado abdomen de doce semanas, recordó su última discusión.

«Tu nunca te centras en nada», le había echado en cara Finn, con rabia y frustración en los ojos. «No te comprometes con nada. Especialmente con nuestro matrimonio. ¿Qué clase de madre serías?».

¿Querría Finn que volviera con él? Ally sacudió la cabeza. No, eso nunca.

¿Habría descubierto lo del niño?

El miedo hizo que su corazón se acelerase. Finn no había dicho nada sobre eso…

¿Y si no iba a buscarlo?

No, entonces se lo tomaría como un reto. Y, siendo un reto, haría todo lo posible por seducirla… y lo conseguiría, la convencería para hacer todo lo que él quisiera.

Así fue como terminaron en la cama. Y casados. Con Finn, perdía la cabeza. Su capacidad de persuasión y su atractivo europeo eran tan letales como sus diabólicos ojos verdes.

Pero fuera lo que fuera lo que Finn quería de ella, no tenía nada que ver con el niño. Él siempre había dejado claro que la empresa familiar era lo único importante en su vida.

Esperaba que fuese poco razonable, ¿no?, pensó, roja de ira. Pues iba a llevarse una sorpresa. Lo escucharía, conseguiría los papeles del divorcio y se marcharía. Se iría de su vida antes de que descubriera lo que había pasado. Así de sencillo.

La vida la ponía a prueba otra vez, como solía decir su abuela. Nada de histerias, nada de recriminaciones… a pesar de las hormonas que la volvían loca. Fría y tranquila. Podía verse con él porque todos los sentimientos que había albergado una vez por Finn Sorensen estaban muertos.

Ally se miró al espejo del baño. Claro que estaban muertos. Sólo quedaban los recuerdos. Y ese hijo del que él no sabía nada.

A toda prisa se puso un par de vaqueros y una camiseta, se hizo una coleta y disimuló las ojeras con un poco de maquillaje… sin dejar de pensar en Finn.

En la pasión urgente e intensa que habían sentido el uno por el otro. Finn le había robado el corazón en menos de un mes. Ella no había creído en el amor a primera vista hasta ese momento…

Y no volvería a hacerlo nunca.

¿El mundo de Finn Sorensen se habría puesto patas arriba como el suyo cuando se marchó de Copenhague?

«Lo dudo», pensó amargamente. «No es él quien está embarazado y sin trabajo».

Después de ponerse los zapatos, tomó las llaves del coche y salió al descansillo. Mientras bajaba por las escaleras, no dejaba de pensar en la ingenua promesa que se habían hecho cuando se conocieron. «No importa lo que pase, no importa con quién estemos, siempre seremos amigos».

Amigos. Menuda broma. Los amantes nunca pueden ser amigos.

Para mantener la cordura, Ally intentaba no pensar en su cuerpo desnudo, tendido a su lado en la cama. En cómo sus besos la hacían temblar de deseo. En cómo una mirada, un roce, era todo lo que necesitaban para arrancarse la ropa.

Ally subió al coche, suspirando. Debería recordar que el sexo sólo era una parte del matrimonio. La confianza, el compromiso, eso era lo más importante. Ser compatibles, tener los mismos gustos, los mismos objetivos.

Tenía que haber una explicación lógica para su repentina aparición. A pesar de su arrogancia, Finn no era una persona ilógica. Estaban en marzo, un buen momento para disfrutar del final del verano en Australia…

«Oh, no», pensó, pisando el freno. ¿Y si no había ido solo?

Ally frunció el ceño al pensar en una rubia de largas piernas llamada Dane colgada del brazo de Finn. «No te preocupes, cariño», le diría su ex marido. «Ally es sólo una buena amiga».

Esa escena daba vueltas en su cabeza hasta que el conductor de atrás empezó a tocar el claxon, impaciente.

Muy bien, pensó, pisando el acelerador. Su abuela Lexie siempre le había dicho que no debía asustarse de lo que la vida le pusiera por delante. Y ahora mismo acababa de ponerle por delante a Finn Sorensen.

Ally aparcó el diminuto Suzuki en la terminal internacional del aeropuerto. El fresco de la noche le hizo sentir un escalofrío, las llaves del coche tintineando entre sus dedos. Caminaba con paso firme, pero cuando se acercaba a las puertas de cristal, los nervios y la incertidumbre la hicieron vacilar.

Las puertas se abrieron y enseguida le llegó el típico olor de los aeropuertos: fuel de los aviones, café y cuero de las maletas.

Se volvió hacia la derecha, buscando la zona de llegadas… En una noche normal, las tiendas y los cafés estarían cerrados a esa hora, pero permanecían abiertos debido a la huelga, por si había algo de dinero a ganar. Sólo la floristería estaba cerrada.

Y allí estaba él, solo, apoyado cómodamente en una pared, la cabeza enterrada en un periódico.

Ally se detuvo a veinte metros de su pasado, con una legión de mariposas en el estómago. No la tocaba, pero casi podía sentir el roce de sus dedos… el calor de sus brazos cuando la abrazaba, el suave y erótico roce de su barba…

Entonces miró el reloj del aeropuerto y se dio cuenta de que sus agujas se habían quedado paradas a las ocho en punto.

Casi como si el tiempo se hubiera detenido.

Una vez, hace una eternidad, ella habría deseado que eso fuera verdad. Porque en el preciso momento en el que subía a un avión que la llevaría de vuelta a Sidney, su futuro con Finn había muerto. Durante esas horas interminables en el avión, lloró en silencio por el hogar que no tendrían nunca, por la familia que ya no iban a formar, por su orgullo y su ingenuidad.

Ally respiró profundamente. A pesar del pelo más corto y cierta palidez, Finn no había cambiado nada. Seguía teniendo los pómulos altos, la mandíbula cuadrada con un hoyito en el centro…

Sus facciones, algunas muy atractivas, como sus ojos de color esmeralda, otras fuera de lugar, como la noble nariz con el puente roto, formaban un rostro masculino casi perfecto. E incluso después de un viaje tan largo, tenía un aspecto impecable con sus vaqueros oscuros, de marca, y su jersey de cachemir. Llevaba el estilo en la sangre.

Pero… había algo extraño en su postura, incluso en la gente que pasaba por su lado sin fijarse en él. Finn era un hombre gregario, siempre rodeado de gente, siempre el centro de atención. Ahora parecía… solo.

Mientras estudiaba al hombre que ahora era un extraño para ella, Ally hizo una mueca.

Finn, la viva imagen de la eficiencia, dobló el periódico entonces y miró alrededor… y como un tirador de elite buscando su objetivo, clavó sus ojos verdes en ella. Y la intensidad de esa mirada llenó a Ally de terror. Recordó el deseo, el anhelo que había sentido por aquel hombre. La frustración de mil discusiones, los sueños rotos.

Y la furia.

Sí, la furia. Debía concentrarse en eso. Era mejor que el calor que sentía de repente.

Ally dio un firme paso adelante, luego otro, hasta que estuvo frente a él.

—Si has venido hasta aquí para decirme que me vas a echar de mi...

—No, Ally, no he venido hasta aquí para echarte de ningún sitio.

—Entonces, ¿sólo era una treta para hacerme venir al aeropuerto?

—Pero ha funcionado, ¿no?

Ella apretó los dientes.

—Debería marcharme ahora mismo...

—No —Finn la sujetó del brazo. El roce provocó un cosquilleo por todo su cuerpo. Ally abrió la boca para decir que la soltara, pero no pudo hacerlo. Gracias por venir a buscarme.

Confusa, pero sin saber por qué, miró alrededor.

—¿No hay cámaras ni guardaespaldas para el vicepresidente de Sorensen Silver? Esto sí que es nuevo.

—La prensa cree que estoy en Suecia. Y los guardaespaldas sólo sirven para llamar la atención. Aquí, soy sólo un turista más.

La adulta Ally habría querido sonreír fríamente, como si nada de aquello tuviera importancia; decirle que no estaba interesada en nada de lo que él tuviera que decir. A la otra Ally, la impulsiva, la que confiaba en los demás, la que se enamoraba fácilmente, le habría gustado darle un puñetazo en el ojo por el daño que le había hecho. Y luego echarle los brazos al cuello y no dejarlo ir nunca.

«Pero lo dejaste tú», se recordó a sí misma. «Tú lo dejaste ir».

—¿No llevas equipaje?

—Sólo esto —contestó Finn, señalando una bolsa de viaje.

«Muy bien, mejor. Eso significa que no piensa quedarse mucho tiempo».

—Bueno, vámonos. ¿Dónde te alojas?

—En el Crowne Plaza, en Coogee Beach.

Estaba tan cerca que podía sentir el torso masculino rozando su hombro, el calor familiar de su cuerpo, incluso el aroma de su colonia. Tan cerca que podría alargar la mano, pasarla por su cara...

—¿Viajas solo?

—Sí.

—¿Y qué favor querías que te hiciera?

Finn arrugó el ceño. La arrogancia había desaparecido y en su lugar había algo muy parecido a la incertidumbre. Las arruguitas alrededor de sus ojos denotaban un cansancio extremo, como si una gran tristeza las hubiera marcado una a una.

Pero Finn nunca agonizaba sobre sus errores, nunca pensaba demasiado en el pasado. Lidiaba con ello y seguía adelante. Fuera lo que fuera lo que le pasaba, debía de ser muy serio.

Ally sintió compasión entonces.

—¿Qué ocurre? —le preguntó, poniendo una mano en su brazo.

En los ojos de Finn había tanta confusión, tanto dolor, que Ally pensó que no quería saber.

Pero un segundo después esa mirada había desaparecido y volvía a ser el de siempre, el hombre absolutamente seguro de sí mismo.

—Vámonos de aquí.

Sabiendo que no iba a conseguir respuesta alguna hasta que él quisiera dársela, ella asintió mientras salían de la terminal.

Conduciendo en completo silencio, llegaron al aparcamiento del hotel en quince minutos. Ally no recordaba lo que habían tardado en registrarse, ni la sonrisa obsequiosa de los empleados, ni el viaje en ascensor hasta su habitación…

Finn Sorensen entró en la suite del hotel de cinco estrellas como si estuviera en su propia casa. Y ésa era otra de las diferencias que había entre ellos.

Aquella suite era más grande que todo su apartamento.

—Se me había olvidado lo que se tarda en llegar a Sidney. ¿Cómo se pueden aguantar tantas horas encerrado en un avión? —suspiró, dejándose caer en un sillón.

—Mal, supongo.

Ally dejó las llaves del coche sobre un escritorio de caoba y miró alrededor. Luego abrió la puerta de la terraza y respiró la brisa del mar, que movía los rizos alrededor de su cara.

—¿Quieres un café?

—¿Si te digo que sí me contarás qué quieres de mí?

—Sí.

—Muy bien. Entonces, un té.

Fue una sorpresa ver a Finn haciendo de camarero. Encendiendo la cafetera, rasgando la bolsa de café, colocando el filtro... Para cuando colocó las tazas sobre la mesa y le dedicó toda su atención, Ally había empezado a sentir las típicas náuseas que la asaltaban por las mañanas. Y cuando observó que la miraba de arriba abajo, como si no la hubiera visto en toda su vida, su resolución empezó a desaparecer. ¿Qué estaba haciendo allí, con Finn?

Nerviosamente, se colocó un rizo detrás de la oreja... pero eso sólo conjuró recuerdos de Finn haciendo exactamente lo mismo.

–No me digas que has venido para traerme en mano los papeles del divorcio.

Finn se levantó para ir a la terraza y se quedó en la puerta, de espaldas. Los anchos hombros, la cintura estrecha. El fabuloso trasero que siempre había hecho que los vaqueros le quedasen a la perfección...

–No. Pero ha sido una sorpresa para mí.

–¿Por qué? Lo nuestro ha terminado. Yo nunca fui suficiente para tu familia, para el hijo de los importantísimos Sorensen. No tenía dinero, ni apellido, ni clase. Yo me fui y tú te convertiste en vicepresidente de la empresa. ¿Una coincidencia? No. Por cierto, ¿qué piensa tu nueva novia de esta visita?

–Jeanette se marchó mientras yo estaba en el hospital.

En el claustrofóbico silencio que siguió a esa frase, Ally pensó que él parecía esperar sus condolencias. Pero se negaba a hacerlo. Vocalizar un falso consuelo la convertiría en una mentirosa y ella no lo era.

Un momento. ¿Hospital?

–¿Qué hospital?

–Mi padre y yo tuvimos un accidente de coche. Él murió el mes pasado.

–Oh, Finn. Lo siento muchísimo. Yo no sabía nada... ¿Cuándo, cómo?

–Antes de Navidad. Un conductor borracho. Mi padre iba en el asiento del pasajero.

–Pero tú estás bien... ¿estás bien?

–Me rompí un par de costillas y sufrí una conmoción cerebral. Nada permanente salvo... –Finn se tocó la cabeza.

–¿Daño cerebral?

–Una infección me mantuvo en coma durante una semana. Y borró parte de mi memoria.

–¿Tienes amnesia? –Ally lo miró, atónita.

Él asintió con la cabeza, ese gesto revelando un mar de frustración. Y, de nuevo, ella deseó acariciar su cara para borrar aquel gesto de dolor. Abrazarlo, consolarlo.

–Después de la rehabilitación empecé a recordar algunas cosas. Pero los últimos años siguen siendo un borrón para mí.

Luego se quedó callado, esperando que ella uniera la línea de puntos. Pero antes de que pudiera decir algo en voz alta, Finn volvió a hablar:

–He estado intentando recordar... pero no puedo.

Ally se levantó de un salto y puso las manos sobre sus hombros. El calor de su cuerpo la quemaba, pero sentía que debía hacerlo.

–Lo siento mucho.

–He estado leyendo tus cartas y... he pasado horas leyéndolas, pero nada. Esperaba que algo despertase los recuerdos, pero sólo podía ver esos malditos papeles del divorcio.

Ally lo miraba con el corazón en la garganta.

Finn no quería volver con ella. No sabía nada del niño. Sólo quería… ¿qué quería?

Los ojos verdes, complicadas ventanas llenas de emociones escondidas, se clavaron en los suyos.

–Necesito respuestas. Necesito que me ayudes a recuperar la memoria y… –Finn miró sus labios–. Necesito recordar, Ally. Tienes que ayudarme. Tú eres mi última oportunidad.

# *Capítulo Dos*

Ally emitió una especie de gemido ahogado y tragó saliva, llamando la atención de Finn hacia su garganta, hacia el pulso que latía en su cuello.

–¿Por qué? –preguntó casi sin voz.

Finn se recordaba a sí mismo en el hospital un mes antes, reconociendo su cara, sus facciones pálidas por la falta de sol y aire fresco. Y sintiéndose desplazado, como si estuviera entre dos planos diferentes de la existencia. Como un náufrago. Alguien que no tenía sitio en ninguna parte.

Pero no podía decirle eso a aquella mujer.

–¿Finn? –insistió Ally–. ¿Por qué es tan importante para ti?

Él la miró. Su mente estaba en blanco, pero había algo tan atrayente en ella, en su voz… la deseaba.

Pero se apartó como si le hubieran salido colmillos y quisiera morderlo.

–Parte de mi vida ha desaparecido. ¿No harías tú lo mismo?

–Sí, pero tú…

–¿Yo qué?

–El Finn que yo conocí no habría venido hasta aquí para algo como esto –contestó Ally crípticamente.

–¿Algo como esto? ¿Qué quieres decir?

–Rebuscar en el pasado sólo para recordar una antigua relación. Tú no haces eso, Finn. Tú sigues adelante sin mirar atrás.

–A lo mejor he cambiado.

Ally levantó una ceja.

–¿Ah, sí? Entonces, ¿este viaje es sólo para recordar? ¿La empresa no tiene nada que ver? ¿No estás preocupado por tu reputación?

Si le hubiera dado un beso en la boca no se habría quedado más sorprendido. Y la sorpresa debía de verse en su cara porque Ally lo miró, en jarras.

–Empieza por contarme la verdad.

Evidentemente, no la conocía. Ella, sin embargo, parecía conocerlo perfectamente.

–Tú sabes que mi padre levantó su empresa de la nada. Todo lo que tenemos está invertido en ella. Y Marlene, mi madrastra, conseguirá un tanto por ciento de las acciones…

–¿Y por qué no vas a hablar con un abogado? Podrías reclamar esas acciones...

–Mi padre incluyó un codicilo, una cláusula nueva en la que dejaba a Marlene sin acciones. Pero no lo hemos encontrado.

Finn la vio alargar la mano para tomar su taza de té. Mientras soplaba sobre el líquido, los rizos castaños cayeron sobre su cara y el repentino deseo de colocar esos rizos detrás de su oreja le sorprendió. No sabía de dónde había salido.

—Tengo la impresión de que a Marlene no le caías bien.

—No.

—¿Por qué no?

—Porque estropeé sus planes —suspiró Ally—. Mira, cuando te conocí yo no sabía quién eras. No me lo contaste hasta que llegamos a Dinamarca, pero tu familia y tus amigos pensaron que estaba contigo por el dinero. Eras… eres una celebridad en el mundo empresarial de tu país. Y cuando tu madrastra me contó la verdad…

—¿Qué te contó?

—Que lo nuestro no duraría. Que estabas prometido antes de irte a Australia. Que yo debería marcharme sin decir nada y aceptar una cantidad de dinero en compensación.

Finn absorbió esa nueva traición de su madrastra sin que nada se revelase en sus facciones.

—¿Y lo aceptaste?

—¡Claro que no! —protestó Ally—. ¿De verdad no te acuerdas de nada?

—No.

—¿No recuerdas nuestra boda? ¿Cómo nos conocimos? Nuestras… discusiones.

—Nada.

—¿Y cómo…cómo es eso?

—Raro.

—¿Sólo eso, raro?

—Es perturbador —se corrigió Finn—. Como si te hubiera pillado espiándome. Tú pareces saberlo todo de mí y yo… aparte de algunas cosas pequeñas, no te recuerdo en absoluto.

Ella asintió con la cabeza.

—Siento lo de tu padre. ¿Sufrió mucho?

Finn no quería pensar en la muerte de su padre, pero un repentino dolor en el pecho lo obligó a expeler el aire que guardaba en los pulmones.

—Estaba bien cuando llegó al hospital, que es cuando creo que redactó el codicilo. Al día siguiente sufrió un aneurisma y no se recuperó nunca.

—Ah, ya. Tu padre era… —Ally parpadeó— un buen hombre. Me caía bien.

—Yo pensé… Marlene me dijo…

—¿Qué apenas habíamos intercambiado palabra? ¿Qué no nos llevábamos bien? ¿O que nos llevábamos *demasiado* bien?

Finn no contestó, esperando mientras ella sacudía la cabeza, incrédula.

—Era un seductor. Me decía que lo hacía sentir joven otra vez. Me acuerdo… me acuerdo que un día se escapó de una reunión para llevarme al Tívoli. Llevábamos dos semanas en Copenhague y estaba sorprendido de que tú no me hubieras enseñado la ciudad todavía.

–Seguramente estaría trabajando.

–Sí.

–De modo que Marlene estaba celosa –murmuró Finn, pensativo–. Si estás siendo ambigua para ahorrarme sufrimientos, no te preocupes. Sé de lo que es capaz mi madrastra.

Aun después de haber recibido la luz verde, Ally no sabía hasta dónde podía llegar.

–Nikolai era divertido. Un hombre carismático, de gran personalidad y con mucho sentido del humor. Pero también era mi suegro. Marlene no lo veía así y me acusó… en fin, ya te lo puedes imaginar.

Otra pieza del rompecabezas que se ponía en su sitio. Y podría ser una prueba condenatoria debido al testamento de su padre… y a las acciones que le había dejado a Ally. Finn tenía que saber.

–¿Había algo de verdad…?

–No… ¡No! –exclamó ella, airada.

–Pero este apartamento…

Ally frunció el ceño.

–Hablamos sobre el valor de la propiedad en Sidney y yo le dije que los pisos frente a la playa eran los más demandados. Tu padre compró el edificio como una inversión. Cuando llegué a casa no tenía dónde alojarme, de modo que me ofreció uno de los apartamentos mientras me hiciera falta.

Yo quería pagar alquiler, así que acordamos una cantidad... demasiado baja, pero él insistió... —como Finn seguía callado, añadió, sarcástica—: No hubo encuentros secretos. Yo estaba enamorada de ti. Y lo más importante para Nikolai no era engañar a su mujer, era Sorensen Silver. Como para ti. Su dedicación convirtió la empresa familiar en una multinacional.

No le estaba diciendo nada que él no supiera. Pero reconocer lo que había sido antes del accidente no era agradable: un hombre que quería demostrarle a todo el mundo que era digno hijo de su padre. Un hombre que trabajaba demasiado y disfrutaba poco de la vida. Un hombre que había dejado que su esposa, una mujer a la que debía de amar para haberse casado con ella, le dijese adiós.

La enormidad de la tarea que tenía por delante le abrumaba.

¿Cómo iba a hacer que aquello funcionase? ¿Cómo iba a luchar contra la desconfianza de su esposa, salvar la empresa y contener la repentina atracción que sentía por ella?

Empezaba a perder el control y eso era algo que le horrorizaba.

«La verdad. Quiere saber la verdad. Tienes que decirle algo».

—¿Qué te conté yo sobre mi familia?

—No mucho. Nikolai me contó algo sobre vuestros parientes. Louisa me habló de la empresa, de su trabajo, de los empleados… y de su novio del momento. Marlene… además de hablarme de tus ex novias en detalle, no quería saber nada de mí.

«Maldita mujer».

—Mi madrastra viene de una familia pobre y siempre ha estado obsesionada con el dinero y la posición. Le habla de la «sangre real» de los Sorensen a cualquiera que quiera escuchar, pero la verdad es que mis antepasados vienen de una línea familiar oscura. Yo no soy ningún príncipe –suspiró Finn–. Y rompí mi compromiso antes de venir a Sidney.

—Ah –murmuró Ally, sin mirarlo.

—La familia Sorensen es una de las más antiguas de Dinamarca, pero nunca han tenido grandes posesiones. Mi padre lo puso todo en la empresa, se arriesgó mucho con proyectos complicados y sólo ahora empezamos a ver beneficios importantes. Mi tío, por otro lado, era un hombre hecho a sí mismo y cuando murió, hace cinco años, yo heredé todo su dinero. De modo que ahora valgo un par de miles de millones.

—¿De dólares?

—Sí.

—No lo sabía.

Su pronto ex marido se encogió de hombros, como si no tuviera importancia, pero eso la alarmó aún más.

Finn la miraba intentando recordar… pero sólo veía imágenes fugaces, un paisaje que no le resultaba familiar, una mirada de sus ojos grises. Y los recuerdos de un roce de su piel, inexplicablemente excitante y triste a la vez...

Una semana después de la muerte de su padre se había dedicado exclusivamente a buscar ese codicilo, pero alguna vez oía una risa femenina o respiraba un perfume y le parecía recordar...

No podía seguir viviendo así.

Por enésima vez desde el accidente, Finn cerró los ojos, frustrado, y repitió unas palabras que eran como un mantra:

—¿Por qué no puedo recordar?

¿Por qué lo había dejado Ally? Y, sobre todo, ¿quién era Ally? ¿Vendería por despecho las acciones que le había dejado su padre o querría ocupar un sitio en la empresa?

Sólo había una persona que pudiera darle esas respuestas. Una mujer que ahora estaba tan callada, tan inmóvil, que Finn estuvo a punto de tocarla para comprobar si seguía viva.

¿O era sólo por el deseo de tocarla?

Finn metió las manos en los bolsillos del pantalón, pero sintió que el casi perpetuo dolor de cabeza empezaba de nuevo.

Ally se levantó abruptamente.

—Así que Marlene controlará la empresa si no encuentras ese codicilo.

—Sí. Mi padre ya estaba hablando de divorcio cuando yo llegué a la vicepresidencia. Marlene quería la mitad de todo, ahora quiere vender la empresa… Quiere echar a mil personas de su puesto de trabajo, dejar de financiar proyectos benéficos… Le encantaría arruinar la memoria de mi padre y tener su dinero en el bolsillo. Intentó publicar un libro de memorias para difamarlo, pero conseguimos impedirlo.

Ally se volvió para mirarlo. Ally, una mujer más bonita que bella. Nada que ver con la típica belleza danesa. Él conocía a una docena de mujeres más altas, más delgadas, más guapas. Pero las abundantes curvas en una mujer de metro sesenta, y sus más abundantes rizos castaños, le daban un aire muy sensual.

Una mujer con la que debía de haber hecho el amor innumerables veces. Sus amigos le tomaban el pelo porque no había vuelto a estar con nadie desde el accidente, algo muy extraño en él. Pero no sentía atracción alguna, deseo alguno.

Y ahora, mirando su perfil medio escondido por la mata de rizos, le gustaría poder entrar en su cabeza para leer sus pensamientos.

–¿Estás saliendo con alguien? –le preguntó de repente.

Ella contuvo una risita.

–Un poco tarde para preguntar eso, ¿no te parece?

–¿Pero sales con alguien o no?

–No.

—¿Y Tony?

—¿Qué pasa con Tony?

—Cuando contestaste al teléfono me llamaste Tony.

—Sólo es un buen amigo.

—Ya.

—Por favor… Tony es gay. No hay nada entre nosotros.

—¿No hay nadie en tu vida?

—No tengo tiempo para una relación.

—¿Entonces cuál es el problema?

Ally lo miró, perpleja.

—No puedes aparecer aquí, de repente, y esperar que lo deje todo para ayudarte. Nuestro matrimonio se ha roto…

—De modo que esto es una venganza —la interrumpió Finn, con la frialdad que ella conocía bien.

—No, es supervivencia —contestó Ally, tomando las llaves.

—¿Adónde vas?

—A mi casa —suspiró ella, sin mirarlo—. Estoy cansada y tengo sueño. Puede que mi vida no sea perfecta, pero es mía. Y tú, evidentemente, no estás preparado para saber la verdad. Además, no sé si quiero ayudarte.

Luego salió de la habitación y cerró de un portazo.

# Capítulo Tres

A la mañana siguiente, después de dar un largo paseo, Ally se metió en la ducha, suspirando cuando el agua caliente alivió la tensión de sus doloridos músculos.

Pero el alivio desapareció al recordar la noche anterior.

«¿No hay nadie en tu vida?».

«No tengo tiempo para una relación».

En realidad, Finn había sido toda su vida y cuando se marchó de Copenhague fue como si le arrancaran el corazón. Amarlo había sido doloroso, decepcionante. Y no pensaba pasar por todo eso otra vez.

Finn había sido como una fantasía hecha realidad. Aquel hombre, con su aire de seguridad, su atractivo. Antes de que supiera quién era en realidad, había intuido que era alguien especial. Y ella quería parte de eso. Se enamoró de inmediato. Parecía tan inalcanzable y, sin embargo, asombrosamente, él también la deseaba. Se habían acostado juntos inmediatamente y, en el mareo de una intensa compatibilidad sexual, él le había pedido matrimonio. Ally había aceptado sin dudar, sin saber que su vida iba a cambiar por completo.

Finn la volvía loca con un solo roce, con un beso. ¿Cómo se podía volver a la mediocridad después de haber probado la perfección?

De modo que decidió ocultar sus sentimientos, sus anhelos, donde no podían asaltarla…

Y por eso seguramente su ex jefe había logrado llevarla hasta una suite en Año Nuevo; y de convencerla para que se desnudara antes de que recuperase el sentido común.

Después de analizar la situación desde todos los ángulos posibles, Ally decidió que había sido producto de la soledad. El interés de Simon la había hecho sentir atractiva otra vez y quiso demostrarse a sí misma que no había imaginado la magia que sintió con Finn, que no estaba buscando un imposible. Que podría disfrutar del sexo con otro hombre.

Ally sonrió, irónica.

A la semana siguiente la oficina era un hervidero de cotilleos. Sería imposible seguir trabajando allí. De modo que le contó lo de su embarazo y su ex jefe, naturalmente, mostró quién era en realidad usando primero insultos y luego la posibilidad de un despido fulminante. Furiosa, Ally tiró su premio Walkley al suelo, haciéndolo pedazos con un hierro del cinco. Y luego se despidió.

Había perdido el control, sí. Y eso la hacía sentir como si fuera una niña de seis años, oyendo a su padre culpar a la bebida, a los prestamistas, a su madre. A todos menos a sí mismo. Y más tarde, a su madre prometiéndole la luna… antes de marcharse al día siguiente.

Se le encogió el corazón al recordarlo.

¿Y si ella era como su madre? ¿Y si Finn había tenido razón y no podía cuidar de su hijo? O peor, si era como su padre…

Ally se acarició el abdomen, dejando que el agua cayera sobre sus hombros.

No, eso no iba a pasarle. Finn no quería a ese niño, pero ella sí. Ella lo querría con toda su alma.

Y eso significaba que el padre no podía saber nada.

Ally salió de la ducha y, mientras se secaba con la toalla, repitió en su cabeza lo que iba a decirle a Finn Sorensen.

Al orgulloso y despiadado hombre al que una vez había amado tanto.

Lo curioso era que no hubiese orgullo o despecho en su forma de pedirle ayuda. Y la dejó marchar sin discutir... Normalmente retorcía sus palabras hasta que, por fin, ella tenía que rendirse. En más de una ocasión había usado sin vergüenza alguna la pasión que sentía por él para dar por terminada una discusión.

Ally tragó saliva mientras miraba el reloj. Las

siete y media. Tiempo para comprobar su correo, buscar en Internet y luego enfrentarse con su pasado por última vez.

Ally llamó a Finn para avisarlo de que llegaría en media hora. No había detectado nada en su tono de voz, ninguna emoción, ninguna revelación que pudiera indicarle cómo actuar cuando estuvieran cara a cara.

Se dirigió a su hotel con la ventanilla bajada y el estéreo a todo volumen, para darse valor, seguramente. Iba oyendo la canción *I will survive* de Gloria Gaynor. Y seguía tarareándola mientras subía en el ascensor.

Finn estaba en la puerta de la suite, esperándola. Por un segundo, al ver sus ojeras, su cabello despeinado, su actitud cansada, sintió el deseo de abrazarlo.

Entonces se fijó en la camiseta que llevaba. Una camiseta gris que le resultaba vagamente familiar... era la que ella le había regalado cuando cumplió treinta años. Ally cerró los ojos, dejándose llevar por los recuerdos.

Habían ganado algo de dinero en Las Vegas y lo celebraron haciendo el amor en el balcón de la suite del hotel Mirage.

«¿Por qué no es contagiosa la amnesia?».

—*Goddag.*

–Te acuerdas –sonrió Finn–. Buenos días.

–No recuerdo mucho más –dijo Ally, encogiéndose de hombros.

Él señaló la mesa en la que estaba servido el desayuno.

–¿Quieres tomar algo?

–No voy a quedarme mucho rato. Sólo quería decirte a la cara que no puedo hacer esto.

–¿Por qué no?

–Por un millón de razones. Para empezar, porque quiero que el pasado siga siendo el pasado.

–Muy bien, pensé que esto podría ocurrir. Así que estoy preparado para ofrecerte una compensación.

–¿Perdona?

–¿Cuánto quieres? ¿Cuánto dinero quieres por ayudarme?

–¿Has pensado…? ¡Nada! –exclamó Ally, dirigiéndose a la puerta de nuevo.

–Espera, por favor. No quería decir…

–¿Cómo que no?

–Sé que ha sonado muy mezquino. Lo siento.

¿Finn disculpándose? Ella parpadeó, sorprendida.

–¿Tanto nos odiábamos, Ally? –preguntó él entonces.

–No, todo lo contrario –contestó ella, apartando la mirada.

–Sigo sin entender por qué no quieres ayudarme.

«No puedo ayudarte».

—Nos hicimos mucho daño, Finn. No sería bueno que volviéramos a vernos.

—¿Y crees que es bueno que yo haya perdido la memoria? ¿Crees que es bueno dejar a mil personas sin empleo? ¿O perder una empresa por la mezquindad de una mujer?

—No me hagas sentir culpable, yo no tengo nada que ver con eso.

Finn dejó escapar un suspiro.

—Los dos somos adultos. Sólo quiero información, nada más.

Ally lo miró, cada vez más sorprendida. No parecía Finn, no parecía el hombre arrogante y seguro de sí mismo con el que se había casado. Su búsqueda en Internet había revelado más detalles sobre lo que ocurrió tras su marcha. Finn Sorensen, un niño mimado, educado en los mejores colegios, con una vida llena de privilegios, se había visto repentinamente golpeado por la vida tras el accidente de coche en el que perdió a su padre. Su unión había sido reducida por la prensa a una breve frase: «Después de un breve matrimonio, el soltero más cotizado de Dinamarca vuelve a estar soltero».

Pero no fue eso lo que más le dolió. Si su amor hubiera sido tan único y tan espectacular como ella pensaba, Finn debería recordar al menos algo...

Por alguna inexplicable razón, esa idea llenó sus ojos de lágrimas.

—¿Qué puedo hacer yo que no puedan hacer los médicos?

—Cuando leía tus cartas, recordaba algunas cosas.

—Pero no tienes ninguna carta mía...

—Sí, están en el sótano de mi casa.

Incapaz de explicar eso, Ally lo dejó pasar.

—Pero supongo que habrás hecho terapia, habrás visto a un especialista...

—A los mejores. Y todos dicen lo mismo... que espere a ver qué pasa.

—Ah.

—¿Qué significa eso?

—Que la paciencia no es lo tuyo, precisamente —suspiró Ally—. Entonces, ¿la pérdida de memoria no es permanente?

—Los médicos no lo saben con seguridad. Podría recuperarla del todo o parte. O nada en absoluto. Lo describen como tener varios... ¿Cómo se llama? *Deja...*

—*Déjà vu.*

—Eso es. Dime qué puedo hacer para convencerte, Ally.

Su nombre, pronunciado con aquel delicioso acento escandinavo, le hizo sentir escalofríos. Pero negó con la cabeza.

—Si no lo haces por voluntad propia, no me dejas ninguna alternativa.

«Va a echarme del apartamento», pensó ella, con el corazón encogido.

—¿Por qué haces esto?

—Te aseguro que no quiero hacerlo.

«Márchate. Lo hiciste una vez, puedes volver a hacerlo. Busca un abogado y presenta batalla».

Pero cuando iba a hacerlo, Finn suspiró. Un suspiro lleno de cansancio, de derrota. Un suspiro que le llegó al alma.

—Tú eres la razón por la que el sol ilumina el cielo...

Ally se puso tensa.

«Mi poema».

—... la llama brillando en lo más negro de la noche. La alegría de mi vida, la sonrisa en mi rostro.

—No, por favor... —intentó detenerlo ella.

—Un verano ardiente convertido en melancólico otoño cree en la fuerza de este amor. Ten fe en mí cuando todo esté dicho, cuando todo esté hecho. Estaremos juntos para siempre, dos corazones en uno —concluyó Finn.

El silencio era tan espeso que Ally podía oír los latidos de su corazón, el sonido de las olas golpeando la playa...

Y ella no era de piedra. Ni lo era su corazón. Si lo fuera, no habría aceptado volver a verlo. Ni sentiría aquella tristeza abrumadora por lo que Finn había perdido.

Durante los últimos meses había intentado convencerse a sí misma de que ya no le importaba. Pero no podía mirarlo a los ojos.

El hombre que estaba delante de ella era un enigma. Por fuera seguía pareciendo Finn. Tenía los mismos ojos, la misma mirada ardiente que la hacía sentir la mujer más deseable de la tierra. Pero ahora había fantasmas en sus pupilas. Cicatrices emocionales.

Y, muy posiblemente, ella tenía la llave para hacer desaparecer esas cicatrices. Si le negaba su ayuda, quizá nunca recobraría su pasado.

«¿Qué clase de madre sería si le diera la espalda a una persona que me necesita?». «¿Si me negara a ayudar al padre de mi hijo?».

Era una responsabilidad de la que no podía huir.

—Has memorizado mi poema.

—Creo que nadie me había escrito nunca un poema.

Por dentro, Ally sintió como si algo le estuviera removiendo las entrañas. Por fuera, se encogió de hombros.

—El amor le hace cosas raras a la gente. A mí me dio por escribir poemas cursis.

Finn la miró a los ojos.

—Dime que no significó nada para ti.

—No significó nada para mí.

—Mentirosa.

Finn cruzó la habitación en dos zancadas, acorralándola contra la pared. El gesto la excitó pero, con más bravura que sentido común, mantuvo el tipo.

—Esto no es justo…

—El accidente no fue justo. No fue justo que perdiera la memoria. Muchas de las cosas que nos pasan en la vida son injustas.

Ally levantó la cara para mirarlo a los ojos… y deseó no haberlo hecho. En ellos había una emoción que no quería recordar, un deseo sexual que no podía olvidar.

—No soy un hombre que haga grandes discursos, Ally. La mujer que escribió ese poema era una mujer enamorada. Piensa en lo que hubo entre nosotros y ayúdame a encontrar ese codicilo. Te lo pido por favor...

Al oír esas palabras Ally contuvo un gemido, sabiendo que no habría forma humana de negarse. Finn hizo un movimiento, casi como si fuera a tocarla, pero luego pareció pensarlo mejor.

—Te lo estoy suplicando. Y no habrá nada personal. Si así te sientes mejor… me comportaré. Ni siquiera te tocaré.

«¿Pero y si yo quiero que me toques?».

Finn la necesitaba. Lo había admitido. Sus ojos lo confirmaban. Y sus acciones, aunque turbadoramente extrañas, corroboraban su historia.

Y ella estaba… estaba…

Excitada.

Aquel hombre tan poderoso dependía de ella y la sorprendía saber que deseaba que la necesitase.

—Lo haré.

Finn sonrió, triunfantemente masculino en su victoria. Y allí estaba otra vez, esa atracción, esa conexión sexual como un ente vivo tentándola a pecar.

Un escalofrío de deseo la recorrió entera, pero no pensaba dejarse vencer por las hormonas. Podía controlar aquella situación como una adulta, se dijo.

¿O no?

# *Capítulo Cuatro*

Finn tuvo que hacer uso de todo su autocontrol para contener un grito de triunfo… y para no besarla en los labios.

Cuando el avión estaba a punto de aterrizar en Sidney se había hecho una promesa a sí mismo: hacer todo lo posible por recuperar la memoria y salvar la empresa. Y, para conseguirlo, había estado dispuesto a mentir incluso. Ahora eso le sorprendía.

—Gracias —dijo simplemente.

—De nada.

Para no besarla, Finn dio un paso atrás y se acercó a la bandeja del desayuno, sintiendo como si acabara de poner un campo de fútbol entre los dos. A su cuerpo no le gustó, pero su cabeza lo felicitó por su autocontrol.

Ella era demasiado tentadora. Sus enormes ojos grises podrían taladrar el alma de un hombre, sacarle todos sus secretos sin el menor esfuerzo.

No había esperado sentir nada por Ally, que era

una completa extraña para él. No había esperado que su cuerpo se portase como el de un adolescente…

—El desayuno se está enfriando. ¿Quieres una tostada, algo de fruta? He pedido para los dos.

—Bueno, de acuerdo.

Como si fuera la extraña parodia de una comida doméstica entre dos enamorados, se sentaron y desayunaron en silencio, esperando que el otro hablase.

Pero un minuto después el ambiente se podría haber cortado con el cuchillo de la mantequilla; el único sonido el de los tenedores y las cucharillas sobre las tazas.

—¿Por dónde quieres empezar? —preguntó Finn.

—Bueno, antes de nada, quiero poner un par de condiciones.

—Dime.

—Quiero que me devuelvas mis cartas. Todas ellas.

—Muy bien.

—Y tienes que firmar los papeles del divorcio.

—De acuerdo.

Un poco irritada de que asintiera sin discutir, Ally añadió:

—Y quiero mi apartamento. Supongo que el edificio ahora es tuyo.

—Bueno, en realidad sigue perteneciendo a Sorensen Silver…

—O sea, que me mentiste.

–Sí –sonrió Finn.

–Bueno, pues eso te va a costar caro. Quiero la escritura del apartamento.

–¿Ah, sí?

–O lo tomas o lo dejas, Finn. Y nada de mentiras.

–Deberíamos…

–Por favor, déjame terminar. ¿Qué ocurrirá si esto no funciona?

–Funcionará.

–¿Y si no?

Su expresión le decía que Finn no estaba dispuesto a aceptar esa alternativa.

–Lo pensaremos cuando llegue ese momento.

–¿Cuánto tiempo piensas quedarte en Sidney?

–Dos meses. Hasta mayo.

–Lo digo porque yo tengo cosas que hacer. Tengo otra vida –dijo Ally. «Sin ti». Las palabras, aún sin haber sido pronunciadas, quedaron colgadas en el aire–. Sé que quieres respuestas, pero yo tengo otros compromisos. Tengo que trabajar.

–¿A qué te dedicas ahora?

–Soy escritora.

–¿Ah, sí? ¿Para quién escribes?

–Hasta la semana pasada, para una revista, *Bliss*. Ahora soy… autónoma. Estoy trabajando en un libro.

Finn se inclinó hacia delante en la silla y ella, instintivamente, se echó hacia atrás.

–Haré lo que tenga que hacer para que esto salga bien. Incluso esperar hasta que cumplas con tus compromisos... dentro de un orden.

—Muy bien.

—¿Tienes fotos nuestras, cartas?

—Sí. Están en una caja, bajo una pila de otras cosas inútiles... —Ally cerró la boca. Demasiado tarde.

—Quiero verlas —murmuró Finn, sin mirarla.

—Sigues siendo tan mandón como siempre.

—Corrígeme si me equivoco... tú has aceptado hacer esto. Tú tienes las cartas, las fotos y otras piezas de mi pasado.

—Sí.

—¿Entonces, cuál es el problema? —preguntó Finn, con exagerada paciencia.

Ally habría querido tirarle el té, que ya estaba frío, a la cara.

—He de terminar un trabajo para la semana que viene. Tienes que darme tiempo.

—Bien —murmuró él—. ¿Por qué guardaste esas cartas, Ally?

«Porque soy una sentimental».

—Porque cuando tenía diez años lo perdí todo durante un incendio. Así que ahora, cuando puedo, guardo algunos recuerdos.

Los ojos de Finn se llenaron de compasión y ella tragó saliva. «No, no me mires así. No quiero tu compasión».

—No lo recordaba.

—Sí, bueno…

—Háblame de nuestra boda.

La pregunta la pilló por sorpresa. «Prepárate, Ally. Habrá muchas más».

—Nos conocimos en Sidney, en abril. Un mes después me convenciste para que nos fuéramos por Europa con una mochila. A Grecia, Italia, Portugal, Inglaterra. Seis meses después acabamos en Las Vegas. Nos casamos el día de tu cumpleaños en la Capilla del Amor —Ally no pudo evitar una sonrisa—. El oficiante iba vestido de Elvis y nos cantó *Love me tender.*

Se habían reído tanto, con tal felicidad. Estaban tan locos el uno por el otro, tan enamorados. Ally jamás sospechó que todo eso pudiera terminar de repente.

Y su sonrisa desapareció.

—De modo que nuestro matrimonio no fue siempre un desastre.

—Claro que no. A veces fue… maravilloso.

Mientras se llevaba el vaso de agua a los labios, vio la espalda de Finn en el espejo. Una espalda ancha, masculina.

Nerviosa, dejó el vaso sobre la mesa.

—¿Qué parte de nuestro matrimonio fue maravillosa?

—El sexo —contestó ella. Había querido decirlo con tranquilidad, pero le salió casi como un sollozo—. El sexo era genial.

–¿Ah, sí?

Estaba mirando su boca. La total concentración de su mirada, el deseo que brillaba en sus ojos, fue como un golpe en el estómago. De repente, le pareció que se quedaba sin aire.

–Sí –consiguió decir–. Tú y yo éramos...

–Creo que entiendo lo que quieres decir. Y como estamos siendo totalmente sinceros, hay un par de cosas que no entiendo. Por ejemplo, por qué me dejaste.

–Porque me mentiste.

–¿Sobre qué?

–Sobre tu familia, tu dinero. Pasamos seis meses juntos y «se te olvidó» contarme quién eras.

Una sombra oscureció las facciones de Finn.

–¿Y todo eso te importaba tanto?

–No. Pero no deberías haber esperado hasta que llegamos a Copenhague para advertirme. Hasta que esos reporteros nos persiguieron por la terminal del aeropuerto... ¡hasta que me hicieron una foto en top less en el cuarto de baño de tu apartamento al día siguiente!

Finn apretó los labios, pero no dijo nada.

–Yo no estaba preparada para todo eso. Marlene tenía razón.

–Y por eso te marchaste, *elskat* –suspiró él, en voz baja, casi como una caricia–. Sin discutir, sin darme una explicación. Me dejaste así, sin más.

Ally levantó la barbilla, orgullosa.

–Cambiaste en cuanto llegamos a Copenhague, Finn. Te convertiste en otra persona. Perdimos la alegría y pasamos de ser unos recién casados a ser completos extraños en dos semanas. Te pedí que fueras a un consejero matrimonial conmigo para que nos ayudase, pero tú decías que no pasaba nada. Siempre sentí que era culpa mía, que no era suficientemente flexible, que no era suficientemente comprensiva. Pero siempre tenía que acomodarme a tus horarios, a tus gustos, a tus necesidades. Yo odiaba discutir, especialmente contigo. Siempre tenías que llevar la razón y mi opinión no importaba en absoluto.

Finn se cruzó de brazos, mirándola con curiosidad.

–¿Todo eso es verdad?

–No lo decías –siguió Ally– pero yo sabía lo que estabas pensando: que habías cometido un terrible error. Trabajabas demasiado, discutíamos todo el tiempo. Tu familia me odiaba y pensaba que te habías casado conmigo para molestarlos… una acusación que tú no negaste nunca. Así que me cansé de pelear. Quería vivir en paz.

Él hizo un gesto entonces, como si quisiera tocarla, consolarla. Incapaz de contenerse, puso una mano sobre su hombro.

–¿No habíamos quedado en que no ibas a tocarme? –le recordó Ally.

Finn se apartó.

–Sí, tienes razón. Perdona, ha sido una tontería.

Ally se puso colorada. ¿Por qué se había apartado tan rápidamente? ¿Tan poco deseable la encontraba?

–Antes no pensabas eso.

¿Por qué lo había dicho? ¿Por qué se portaba como una cría?

Finn levantó una ceja, sorprendido.

–Entre nosotros había química. Nos pasábamos todo el tiempo en la cama –murmuró Ally, poniéndose colorada.

–¿Ah, sí?

–Sí.

Él sonrió, una sonrisa que consiguió irritarla. ¿Creía que se lo estaba inventando? ¿O lanzándole un guante? Eso sí que sería una ironía.

Finn no dejaba de mirarla. Y había algo en su mirada… no sabía qué…

Un recuerdo fugaz… algo pasó por su cabeza tan rápido que no pudo dejar una huella antes de desaparecer. En una imagen borrosa, como la de una cámara que estuviera mal enfocada, le pareció ver a Ally sonriendo, sus ojos llenos de amor, de deseo. Y en ese recuerdo fugaz él se inclinaba para besarla tan tiernamente que… la sensación lo golpeó como un puñetazo en el pecho.

No se dio cuenta de que se había inclinado hasta que sintió su aliento en la boca. Y entonces la vio abrir los labios, como intentando controlar un gemido.

–¿Qué otra cosa no tenías clara? –susurró Ally, casi sin voz.

Y ese susurro despertó algo en él, algo animal y posesivo. Aquella mujer era suya. Él la había hecho suya.

Y, que Dios lo ayudase, quería volver a hacerla suya de nuevo.

# *Capítulo Cinco*

Finn se apartó.

–Nada.

Luchando contra el deseo como si lo persiguiera una manada de lobos, Finn apartó la mirada. ¿Quién estaba mintiendo ahora? Claro que quería tocarla. ¿Qué hombre no querría hacerlo? Esos labios, ese cuerpo, ese pelo…

Una imagen de Ally desnuda en una cama con dosel, sus muñecas atadas con pañuelos de seda negra y una mirada traviesa en sus ojos….

Finn tuvo que tragar saliva. Sentía una punzada dolorosa entre las piernas y en las sienes. Se llevó una mano a la frente para controlar el dolor, pero no sirvió de nada. La imagen no desaparecía de su cabeza y ahora tenía su olor en las fosas nasales, en la boca. Por todas partes. Podía sentir la piel de seda bajo sus manos, el erótico roce de sus pezones... Podía saborear la dulzura de su carne mientras se metía uno de ellos en la boca y chupaba.

Esa imagen le turbó tanto que tuvo que levantarse. Tropezando, sujetándose a una silla, luchaba, sin aliento contra los fracturados recuerdos…

Ah, su voz, llena de pasión, suplicándole que parase, que dejase que lo tocara. Y su propia risa, llena de orgullosa confianza masculina, diciéndole que esperase su turno.

Luego la escena se interrumpía bruscamente.

Se sentía como si hubiera sido atacado por todo un equipo de fútbol. Intentó tragar saliva, pero tenía la boca seca…

Entonces oyó los pasos de Ally y se volvió.

—¿Te até alguna vez a la cama?

—¿Perdona?

—Cuando estábamos casados, ¿te até alguna vez?

—¿Estás intentando avergonzarme…?

—No, no. ¿Crees que esto es un juego para mí?

Ally tragó saliva.

—No lo sé. ¿Lo es?

—Si estuviera jugando a un absurdo juego de seducción lo haría… así…

Ally dio un salto hacia atrás cuando vio que Finn daba un decidido paso adelante.

—Estabas desnuda. Atada a una cama con dosel. Tenías las manos atadas con dos pañuelos de seda negra.

Entonces dio otro paso… luego otro… hasta que estaba casi pegado a ella. Ally olía su colonia, lo oía respirar. Tenía la cara tensa, los ojos oscure-

cidos hasta casi parecer negros. Y en ellos había...
deseo.

La deseaba.

Finn rompió el espacio que había entre ellos
poniendo ambas manos a cada lado de su cara.

—Estabas gimiendo, cubierta de sudor, excitada.

Ally volvió a tragar saliva, como hipnotizada. Podía sentir su aliento en la cara, oler la excitación
como una hembra olería la de un macho.

—Tienes una peca aquí —dijo Finn, rozando su
pecho izquierdo— y otra aquí —siguió, deslizando la
mano hasta su vientre.

—¿Alguna cosa más? —logró decir ella, la voz rota.

—Una cosa más.

Finn tomo su barbilla con dos dedos, obligán-
dola a mirarlo. Incapaz de enfrentarse al desnudo
deseo que había en sus ojos, Ally cerró los suyos
cuando vio que buscaba sus labios... sólo para
abrirlos cuando notó que no eran sus labios sino
sus pechos lo que buscaba. Con la cabeza inclina-
da, Finn chupaba uno de sus pezones a través de la
tela de la camiseta...

—Esto —murmuró— era magnífico.

Ally intentó llevar aire a sus pulmones, pero se
sentía mareada.

—Si estás intentando demostrar algo, lo has conseguido. Nunca he dicho que no nos sintiéramos
atraídos el uno por el otro...

De repente, la expresión de Finn cambió por completo.

—Y creo que tú sabes que esto lo hago completamente en serio, Ally.

Un segundo antes estaba loca de deseo por él, al siguiente Finn le había tirado un jarro de agua fría a la cara.

—Sí, muy bien. Ahora, apártate.

—Lo siento, no debería haberlo hecho. Perdona.

—Es la tercera vez que me pides perdón. Antes no lo hacías nunca.

—¿Nunca?

—No.

Sin saber cómo responder a eso, Finn la observó tirar hacia abajo de su camiseta durante unos segundos.

—¿Y cuando me equivocaba en algo?

—Tú nunca estabas equivocado.

—¿Y si lo estaba?

Ally se encogió de hombros.

—Me comprabas un regalo.

—¿Qué clase de regalo?

—Unos pendientes, un collar, un peluche. Una vez me regalaste una flor eléctrica que bailaba con una musiquita.

—¿Te hacía regalos pero no te pedía disculpas?

—Eso es. Todos están guardados en una caja si quieres…

–¡No! –Finn se pasó una mano por el pelo–. No, te creo.

–Vaya, menos mal –suspiró Ally–. Mira, sé que esta situación es extraña y sé lo difícil que es confiar en una persona a la que no conoces, pero todo será mas fácil si dejas de dudar de mí. Y ahora, vámonos.

–¿Adónde?

–Vamos a la calle.

El abrupto cambio de tono lo dejó helado. Y, por orgullo masculino y porque aún la seguía deseando, le preguntó:

–¿Tienes miedo de que pase algo? ¿Crees qué no seré capaz de controlarme y terminaré tomándote aquí mismo, en el suelo?

Ella tragó saliva.

–Deberíamos ir a algunos sitios a los que solíamos ir. Eso despertará tu memoria.

Ally supo que había ganado cuando vio que Finn se ponía pálido.

# *Capítulo Seis*

El cielo era de un azul claro, brillante, el sol lo iluminaba todo con su luz dorada como si no hubiera un solo problema en el mundo. A través de los huecos entre los antiguos edificios coloniales podían ver los lujosos yates multicolores que reposaban en el puerto y le daban un aire de vacaciones a aquel domingo de marzo.

El puerto de Sidney tenía un aspecto glorioso bajo la curva del famoso puente...

Pero ella se sentía menos que gloriosa.

Los dos sabían que era un peligro estar juntos después de lo que había estado a punto de pasar. Pero conseguían fingir que no les importaba.

Finn no volvió a tocarla. De hecho, mantenía las distancias incluso más de lo que era conveniente. Mientras caminaban por el mercadillo del puerto, Ally le habló de su trabajo, de los sitios a los que habían ido juntos, de todo aquello que le pareció podría ser importante.

Y lo único que consiguió por sus esfuerzos fue un completo silencio.

Muchas mujeres miraban a Finn. Sobre todo las más jóvenes, que le sonreían con coquetería. Una mujer mayor incluso tocó descaradamente su brazo cuando le preguntó por uno de los cuadros que vendía.

Ally miró sus brazos, su espalda, el trasero perfecto y las largas y bien formadas piernas.

A ella le encantaba tocarlo. No podía dejar de acariciar sus muslos, sus abdominales. Como una ciega, se maravillaba tocando su cuerpo. Especialmente su...

—¿Ally?

—¿Eh?

—Esto me suena —dijo Finn.

—Sí, te gustaba mucho el arte aborigen. Cuando nos conocimos, acababas de volver del sur de Australia con unos amigos.

—¿Cómo nos conocimos?

—Estabas ayudando a un amigo a abrir una empresa de mensajería.

Recordaba aquel día con absoluta claridad. Una tormenta, un paraguas roto... y el hombre más guapo que había visto nunca. Y además de guapo, era absolutamente encantador. Un hombre seguro de sí mismo. Había algo muy sólido en él, muy aristocrático, algo que hacía que la gente lo mirase.

—Yo tenía que enviarle unos trajes a mi jefe, que

estaba de vacaciones en Hawai. Te conté que engañaba a su mujer y tú te ofreciste a «perder» los trajes.

–¿Ah, sí?

–Sí. Yo debo de llevar un cartel en la espalda que dice «haría cualquier cosa por una nómina» –sonrió Ally–. He tenido los peores jefes del mundo. El siguiente fue en una editorial. Igual de horrible.

–Así que lo dejaste.

–Sí. No me gusta lo de trabajar de nueve a cinco.

–Eres demasiado creativa.

Ally sonrió.

–Me gusta estar al aire libre, no metida en una oficina todo el día.

–¿Lo ves? Entonces tenemos algo en común.

¿Desde cuándo odiaba él estar en una oficina todo el día?

–Pues será lo primero.

–No éramos incompatibles en todo, *elskat*.

–Sí, bueno…

Ally se sentía como si estuviera jugando al *Monopoly* y hubiera caído en la casilla de la cárcel.

Ella era un misterio para Finn. Él mismo lo había admitido en su primera cita. ¿Quién habría pensado que alguien con el pedigrí de Finn Sorensen se enamoraría de Alexandra McKnight, hija de un borracho y una madre irresponsable? Su madrastra tenía razón, ella no tenía nada que ofrecerle.

–¿Qué tal la memoria? ¿Te has acordado de algo?

–No, aún no.

Mientras fingía admirar un vaso soplado a mano, Finn aprovechó para mirarla. La falda vaquera, las zapatillas de deporte y la camiseta rosa la hacían parecer una universitaria, no una mujer de casi treinta años. Pero la camiseta abrazaba un cuerpo de mujer. Y, como un adicto, después de haberla acariciado, quería más. Más de su piel, más de su olor. Más de aquel pelo sedoso en el que le gustaría enterrar los dedos.

Entendía que se hubiera enamorado de ella, que lo hubiese intrigado tanto. Si la situación no fuera tan difícil, encontraría tiempo para disfrutarla, para saborearla a placer.

–He estado leyendo algo sobre tu problema en Internet.

–¿Ah, sí?

–Vamos a comer, así podrás contarme lo que sabes.

Finn no dijo nada. Si abría la boca podría acabar diciendo en voz alta que le gustaría comérsela a ella.

# *Capítulo Siete*

Ally eligió el Lowenbrau Keller, una terraza con mesas en la calle, simpáticos camareros y buena comida. Y, sobre todo, sin recuerdos de Finn.

Tenerlo sentado frente a ella en carne y hueso, estudiándola tras las impenetrables gafas de sol, era más que suficiente sin tener que sufrir los *flashbacks*.

Después de pedir, Finn se quitó las gafas y le dio un papel.

—¿Qué es esto?

—Una lista.

—¿De qué?

—De preguntas. Sobre nosotros.

Ally desdobló la nota y empezó a leer.

Finn se fijó en sus pestañas, casi rozando sus mejillas como un par de diminutos abanicos. Se preguntó entonces si alguna vez habría besado las pecas que tenía en la nariz. Si alguna vez habría comparado su piel con algo comestible… un melocotón, por ejemplo.

–¿Para qué sirve todo esto? ¿Mi comida favorita, mi color favorito, la estación del año?

Finn se encogió de hombros.

–Es para empezar por algún sitio.

Ally se echó hacia atrás en la silla, suspirando.

–Cualquier plato de pasta, el color rosa y la primavera. Y, a pesar de mis esfuerzos, no soy una criatura de costumbres. Nunca vuelvo a casa por el mismo camino, frecuentemente cambio de canal mientras veo la televisión –entonces levantó una mano y movió los dedos–. Me pinto las uñas de diferentes colores. Algo que nunca te gustó, por cierto.

–Porque yo soy muy organizado.

–Exactamente. Yo lo intento, pero no puedo. Soy un caos. Tú eres muy ordenado –Ally miró la lista–. Esto es muy típico de ti. Debería haberlo esperado.

Finn intentó no dejarse afectar por el comentario.

–¿Había algo que nos gustase a los dos? ¿O que no nos gustase para nada?

–A ti te gustaba quitarte los zapatos en casa, los abrigos colgados en el perchero… te gustaba el fútbol y salir por ahí con amigos. Y, a juzgar por el tiempo que pasabas en la oficina, te gustaba mucho tu trabajo. A mí me gustaba pasar horas leyendo un buen libro, olvidaba llamar a mis amigos durante meses y –Ally soltó una risita– suelo dejar la ropa tirada por todas partes. Recuerdo que a veces dejaba mis zapatos en la puerta y tú me dabas una charla sobre por qué debía ser más ordenada. En realidad, un día estuviste a punto de romperte la crisma al tropezar con ellos.

–Los opuestos se atraen –murmuró Finn.

–Eso dicen.

–¿Alguna otra diferencia?

–A mí me gusta la soledad, a ti tener compañía. Yo soy más espontánea que tú. Tú tenías una agenda para todo, para las vacaciones, para el trabajo, para el ejercicio… Eso me volvía loca.

–Pero nos fuimos a Europa con una mochila.

–A lo mejor se te pegó algo de mí –sonrió Ally.

–Es difícil creer que no nos matásemos –sonrió Finn.

Cuando creía tener la situación bajo control, la sonrisa de Ally desapareció.

–Discutíamos, pero siempre acabábamos haciendo las paces. Nuestro matrimonio estaba basado en una mentira, Finn. Yo pensé que eras otra persona… un hombre normal.

–Soy un hombre normal.

–Un hombre normal –repitió ella incrédula–. Sí, claro. Un millonario adicto al trabajo que sale en todos los periódicos de Dinamarca. Que tiene un castillo y sale con supermodelos…

–No voy a disculparme por mi familia ni por lo que diga la prensa europea. Tú, mejor que nadie, deberías saber que soy algo más que eso.

«Ya no sé quién eres», pensó Ally con tristeza.

—Bueno, ¿y qué tenemos que hacer para que recuperes la memoria?

—Como soy un caso «tan especial», o eso dicen los médicos, no estoy seguro del todo. El juez me ha dado un mes para encontrar el codicilo, de modo que cuanto más tiempo pasemos juntos más oportunidades tendré de encontrarlo.

Ally no pudo disimular una mueca. En un mes no podría seguir disimulando su embarazo. Y cuanto más tiempo pasara recordando su matrimonio más locas se volverían sus hormonas.

De todas las tonterías que había hecho en su vida, aquélla era la peor. La adulta Ally quería que aquello terminase pronto, la Ally impulsiva querría abrazarlo, tocarlo para ver si sentía lo mismo que sintió una vez, cuando era su esposa.

La impulsiva Ally, ¿o era la loca de Ally?, lo deseaba. Deseaba su cuerpo, hacer el amor con él, sus húmedos besos... sin pensar en el día siguiente.

Y eso le asustaba porque sería tan fácil rendirse...

Él estaba interesado, eso era evidente. El brillo de sus ojos le era tan familiar como una vez había sido la masculina erección bajo sus dedos. Un deseo que intentaba ocultar, claro. Como si supiera que lo estaban vigilando, pero no pudiera contenerse.

A pesar de la situación, seguía siendo emocionante como lo había sido antes.

Y para esconder el calor en su cara, por no hablar de otras partes de su cuerpo, Ally se concentró en la lista de preguntas:

—Algunas respuestas no van a gustarte nada.

Finn levantó una ceja.

—¿Cuáles?

—Ésta, por ejemplo. ¿Nos hemos engañado alguna vez?

—¿Me engañaste?

Ally negó con la cabeza.

—No, yo nunca te engañé. Tú sí.

# *Capítulo Ocho*

–¿Estás seguro? –preguntó Finn.

Ally asintió con tristeza.

–¿Con quién?

–Con una de tus amigas danesas, la hija de un conde. Estaba loca por ti y…

Ally no terminó la frase porque acababa de llegar el camarero.

–Sigue –dijo luego Finn.

–No hay mucho que contar –suspiró ella, tomando el tenedor para probar la ensalada de aguacate–. A ti te pareció halagador, supongo. Discutimos, como siempre, especialmente sobre lo que le dijiste cuando admitió que se sentía atraída por ti.

–¿Qué le dije?

–Si no recuerdo mal: «Si no estuviera casado con Ally, las cosas serían muy diferentes».

–Ya veo.

–No, Finn, no lo viste. No te diste cuenta de cómo sonaría eso para alguien que sentía algo por ti. No era una forma de apartarla, sino una promesa. Era como si estuvieras pasando el rato conmigo y ella pudiera ser la siguiente. Le estabas dando esperanzas, permiso para que insistiera…

–¿Me acosté con ella?

Ally negó con la cabeza.

–Ser infiel no siempre tiene que ver con la cama. Pero si nuestro matrimonio te hubiera importado de verdad le habrías dejado claro que no tenía nada que hacer. Sin embargo, le hiciste creer que había alguna esperanza. Te pusiste furioso cuando te pedí que cortases todo contacto con ella. Y eso –Ally tragó saliva– sólo confirmó que nuestro matrimonio estaba destinado al fracaso.

Finn abrió la boca para discutir, pero ¿cómo iba a hacerlo si no recordaba nada?

Cuanto más sabía sobre sí mismo menos se gustaba. ¿Era él el responsable de la ruptura de su matrimonio por su egoísmo y su arrogancia?

Recordaba a sus amigos intercambiando extrañas miradas, su alarma cuando decía o hacía ciertas cosas… Todo eso empezaba a cobrar un nuevo significado.

Se había visto obligado a revisar su vida y en qué clase de hombre se había convertido.

«He cambiado. Fuera lo que fuera antes, ahora soy diferente».

La confusión bullía dentro de él, pero intentó controlarse. «Éste no es el momento de perder la cabeza».

De modo que comieron en silencio, aunque había perdido el apetito.

–¿Qué tal está tu filete? –preguntó Ally.

–No tengo hambre. Cómetelo tú, si quieres.

–A ver… mmm, está rico. ¿Quieres probar mi ensalada? –sonrió Ally.

Finn aceptó porque estaba sonriendo, pero podría haberle dado una cucharada de arena. No le sabía a nada.

–Bueno, háblame de tu familia.

Finn supo que era el tema equivocado cuando Ally apartó la mirada.

–No hay mucho que contar. Mi padre ha muerto, mi madre vive su propia vida. La persona más importante para mí sigue siendo mi abuela, que ahora está en un crucero por el Pacífico. Fin del misterio.

–Cuéntame más cosas.

–Estamos aquí para descubrir tu pasado, no el mío.

–¿Qué estás escondiendo, Ally?

Ella levantó los ojos, asustada.

–Nada.

–¿Cuándo decidiste dedicarte exclusivamente a la escritura?

–Ah, ya veo que no has guardado mis e-mails. Bueno, claro, ¿para qué ibas a guardarlos?

–En mi ordenador no había nada.

Ally asintió tristemente.

–No, claro, me devolviste todas las fotos de la boda, mis cartas…

–No todas.

–No –asintió ella–. Y me pregunto por qué.

–Y a mí me gustaría decírtelo, pero –Finn se tocó la cabeza–. No me acuerdo de nada.

Sonriendo, Ally tomó un sorbo de agua, saboreándola como si fuera un buen vino y él la observó, como en trance. ¿Desde cuando se sentía tan fascinado por los movimientos de una mujer?

–Dejé mi trabajo la semana pasada. Trabajé en *Bliss* durante dos meses como editora. Bueno, también hacía la columna literaria.

–¿Qué clase de libro estás escribiendo?

–Ficción. Una especie de viaje en el tiempo… algo futurista.

–¿Desde cuándo escribes?

–Desde que tenía trece años.

–¿Yo he leído algo tuyo?

–Una vez.

–¿Y me gustó?

–Dijiste que mi heroína era un poco bruta. Finn hizo una mueca.

–Qué insensible.

Ally tuvo que controlar el deseo de pellizcarse a sí misma. Los cambios que había en él le sorprendían y turbaban. Si no podía contar còn que Finn fuera predecible, ¿con qué podía contar?

–He oído que los escritores no ganan mucho dinero.

–Al principio no. Pero yo estoy haciendo otros trabajos para compensar. Editar, escribir artículos… Desde que dejé mi trabajo en la revista estoy mucho más contenta.

Sólo era verdad en parte. Estaba contenta de no tener que ver a Simon, contenta de tener su propio horario y poder dedicarse a escribir. Lo peor era, claro, que no podía ahorrar un céntimo. Necesitaba contratar a alguien, un contable, un administrador, alguien que le enseñase a manejar su dinero, pero por el momento no podía permitírselo…

–¿Y el apartamento? Has dicho que pagas alquiler –la voz de Finn interrumpió sus pensamientos.

–Sí, pero pronto será mío –le recordó ella–. Bueno, volvamos a nuestro problema. Dime qué te han dicho los médicos.

–El término técnico es amnesia postraumática, resultado de un golpe en la cabeza.

–¿Has probado con la hipnoterapia?

–Sí.

–¿La acupuntura?

–Un par de veces.

–¿Drogas?

–No. Nada de drogas. Además, las que usan para tratar la amnesia se suelen usar también para controlar la demencia senil. Y yo estoy frustrado, *elskat*, no demente.

Ally jugó con su vaso, trazando el borde con el dedo.

—Pero ahora eres… no sé, diferente.

—¿En qué sentido?

—Pareces menos inquieto. Más centrado. Y más… no sé, más comprensivo.

—¿Ésa es tu forma de decir que antes era un imbécil impaciente?

Ally no pudo evitar una sonrisa.

—No, pero siempre había una parte de ti a la que no podía llegar. Como si estuviera cerrada a cal y canto. Y esa parte se hizo más grande cuando llegamos a Dinamarca.

Finn hizo una mueca.

—¿Qué viste en mí para casarte conmigo?

—Pues tenías… no sé, un aura de seguridad. Para alguien tan inseguro como yo, eso me atrajo de inmediato. Además, eras muy atractivo, siempre controlándolo todo… pero no te lo creas tanto —dijo Ally, al ver que sonreía, satisfecho—. Tenías cierta tendencia a creértelo demasiado.

—¿Ah, sí?

—Sí. Lo único que tenías que hacer era mover un dedo y…

—¿Y?

Ella se puso colorada.

—Bueno, ya me entiendes.

–A lo mejor tienes que explicármelo –bromeó Finn. Y fue recompensado con tal mirada de susto que le dieron ganas de besarla. ¿No sería eso una sorpresa?

Ally parpadeó.

–Y sigues sin aceptar un «no» como respuesta.

–Soy muy decidido.

–Yo diría muy testarudo.

–¡Ay! –Finn se agarró el pecho melodramáticamente–. Eres muy mala.

–Desde luego.

–¿Y mi cara también es diferente o quedarte mirando fijamente a la gente es una de tus costumbres?

De nuevo, ella se puso colorada… para delicia de Finn.

–Sigues insistiendo hasta que te sales con la tuya –Ally metió la mano en el bolso y sacó un cuaderno–. Vamos a hacer un calendario.

–¿Qué?

–Un calendario. Vamos a anotar los eventos relevantes en orden… A lo mejor eso despierta algún recuerdo.

–Muy bien.

–Estupendo. ¿Te importa pedirme un vaso de agua? –Ally puso el cuaderno en la mesa y empezó a escribir.

Había terminado para cuando llegó el camarero con el agua.

–A ver… –Finn le quitó el cuaderno–. Nos conocimos en abril del año pasado, nos fuimos de Sidney en mayo. Nos casamos en agosto y llegamos a Dinamarca en octubre. Luego tú te fuiste en diciembre, justo antes de Año Nuevo.

–Eso es. Y me contaste quién eras justo cuando llegábamos al aeropuerto de Copenhague, pero yo sabía que no me lo habías contado todo.

–Bueno, tengo algo más de dinero del que te di a entender –suspiró él. Ally sonrió, irónica.

–Y luego tu madrastra llamó por teléfono en cuanto llegamos y me contó todo lo demás.

–¿Y la creíste?

–¿Me mintió, Finn? ¿No estabas comprometido antes de venir a Australia? ¿No ibas a casarte con una mujer rica con un título nobiliario porque era beneficioso para la empresa?

–Ése era el plan de Marlene, pero mi padre y yo estábamos de acuerdo en que era ridículo. ¿Me escuchaste a mí, por cierto?

–Lo intenté, pero… tú no confiaste en mí lo suficiente como para contármelo antes de llegar a tu país. Marlene no sólo me odiaba por estropear sus planes, sino que me veía como una competidora. Y, además, la prensa hablaba de mí todo el tiempo; vigilaban todos mis movimientos, me juzgaban. Lo intenté durante casi tres meses, pero no podía vivir así.

–¿Ni siquiera por mí?

–No –contestó ella–. Los finales felices existen en la ficción, no en la realidad.

–No soy idiota, Ally. Sé que hay que cuidar las relaciones, cultivarlas, darles tiempo.

La acusación quedó colgada en el aire.

«¿Tuve miedo?». «¿Era demasiado joven?. «¿No quería que me odiaras porque había decidido tener el niño?».

–Rompiste nuestro matrimonio por un simple error –siguió Finn.

–¡Pero me mentiste!

–Y tú no eras capaz de comprometerte.

–Tú no podías confiar…

–¿Cómo voy a defenderme si no me acuerdo de nada?

–Ah, ¿y acusarme a mí de no ser capaz de comprometerme sí es justo? Una vez que llegamos a Dinamarca te cerraste por completo. Me dejaste fuera de tu vida. Te mostrabas frío y distante, preocupado por tu familia y no por mí. Ni siquiera me preguntaste una vez si estaba bien.

–Y tú decidiste que la mejor manera de solucionar la situación era huir –replicó Finn, mirándola a los ojos.

# *Capítulo Nueve*

–No pienso disculparme por el pasado –suspiró Ally–. Una vez me acusaste de tirar la toalla… no voy a dejar que vuelvas a hacerlo.

–Muy bien, de acuerdo –Finn llamó al camarero para pagar la cuenta.

–Yo pagaré la mitad.

–¿Por qué? Te he pedido un favor, lo más justo es que yo corra con los gastos.

–Prefiero pagar mi parte, gracias.

–¿Por qué?

–Porque quiero –insistió ella–. Ya vas a regalarme el apartamento, no lo olvides. No necesito que me pagues la comida. No quiero estar en deuda con nadie.

«Si esto funciona, no estarás en deuda con nadie, *skat*», pensó él.


Finn insistió en echarle un vistazo a la caja de recuerdos, de modo que fueron a casa de Ally.

–Bienvenida a chez McKnight –anunció ella, abriendo la puerta.

Finn miró alrededor. Un salón pintado en azul oscuro, un sillón viejo de color naranja frente al televisor... A la derecha, un lugar destinado a trabajar, con un viejo escritorio, un ordenador y una impresora. El resto del espacio estaba ocupado por estanterías llenas de libros. Tras las cortinas, dos puertas de cristal se abrían a una terraza y, al otro lado, una puerta que daba a un pasillo.

–Voy a buscar la caja.

Cuando volvió, él estaba echando un vistazo a los libros.

–Gracias, voy a llevarla al coche –dijo, tomando la caja con toda facilidad–. No sé cuánto tiempo vamos a tardar en revisar todo esto, de modo que deberías llevarte algo de ropa. Puedes dormir en la suite del hotel. Hay dos habitaciones.

Cuatro meses antes ésa habría sido una petición recibida con alegría. Pero no aquel día.

Sin embargo, Ally no dijo nada.

–Bajaré enseguida.

Rápidamente fue al dormitorio y guardó un cambio de ropa y algunas cosas de baño en una bolsa de viaje. Pero cuando iba a salir, sonó el chivato.

–¿Sí?

–Soy Simon. ¿Puedo subir?

El mundo dejó de girar por un momento y Ally tuvo que agarrarse a la pared.

—No.

—Tengo que hablar contigo… de trabajo.

—Ya no trabajo para ti, Simon.

—Mira, ¿podemos hablar? ¿Puedo subir?

—Yo voy a bajar.

Ally cerró la puerta y bajó al portal pero, para su sorpresa, enseguida vio a Simon subiendo por la escalera.

—Ha salido un hombre con una caja y he entrado tras él —le explicó.

—¿Cómo me has encontrado?

—He buscado tu dirección en los archivos de la empresa, no ha sido difícil —contestó Simon, mirándola de arriba abajo—. Por cierto, estás muy guapa. ¿Qué tal va todo?

—Sigo embarazada —contestó Ally. Al oír eso, la expresión de Simon cambió por completo—. ¿Qué quieres?

—Ally, ¿de verdad quieres que hablemos aquí, en el rellano?

—Di lo que tengas que decir y márchate.

Suspirando, Simon se apoyó en la barandilla de la escalera.

—Me ha enviado Max.

Ella arrugó el ceño. No sabía que el redactor jefe de *Bliss* supiera su nombre.

—¿Por qué?

—Es sobre el premio anual de la revista.

—La oficina de prensa se encarga de eso.

–Pero es que van a darte un premio la semana que viene y Max quiere que lo aceptes en persona.

Ally abrió la boca, atónita.

–¿Yo he recibido un premio?

–Tu columna ha tenido más lectores que ninguna otra –contestó Simon–. A Max no le ha gustado nada que te hayas ido… o que nadie quiera hacer tu trabajo. Quiere que vuelvas.

–Voy a recibir el premio *Bliss* –murmuró Ally, perpleja.

–Sí, a la columna favorita o algo así. Y tenemos que hablar… de nosotros. Sé que estás un poco emocional desde que… en fin, desde que tú y yo… Bueno, lo mejor es que olvidemos esa escena en mi despacho y empecemos de nuevo.

–Ah, qué generoso por tu parte.

–Mira, la cuestión es que Max quiere que vuelvas y –Simon se apartó una imaginaria pelusa de su chaqueta– la gente ha empezado a hablar.

–¿Sobre qué?

–Sobre nosotros.

–¿Y?

–Creen que nos acostamos juntos.

–¿No era eso lo que querías en Año Nuevo? ¿Acostarte conmigo para jactarte luego delante de todo el mundo?

–Ally, cariño, cálmate.

–Sí, claro, porque estoy muy emocional y podría hacer algo absolutamente estúpido.

Simon puso una mano sobre su brazo, alarmado.

—Tú no… harías nada, ¿verdad?

—No me toques.

Simon apartó la mano de inmediato y Ally aprovechó la oportunidad para seguir bajando. «Menudo idiota».

—¿Quién sabe? Me encuentro en un estado tan delicado que podría hacer una barbaridad.

—Mira, Ally, deberíamos hablar, lo digo en serio. Puedes recuperar tu trabajo. Te gustaba trabajar con nosotros, ¿no?

—No, no me gustaba. Y ahórrate el discurso, Simon, tengo que irme.

—¿No podemos negociar?

—Tú no tienes nada que yo quiera —replicó ella. Pero al mirar hacia atrás tropezó con el escalón y tuvo que agarrarse a la barandilla.

—¿Se puede saber qué te pasa?

—Nada. Ya no me pasa nada.

—¿Vas a perderte esta oportunidad por un simple malentendido? —insistió Simon. Cuando Ally no contestó, la agarró del brazo—. Contéstame...

—Suelte a mi mujer.

Los dos se volvieron al oír la voz de Finn. Su mirada amenazante, y su estatura, hicieron que Simon la soltara de inmediato.

—¿Su mujer? ¿Cuándo te has casado?

—Eso no es asunto suyo —contestó Finn por ella.

–Finn…

–¿Quién es este hombre?

–Mira, déjalo…

–¿Por qué te está tocando?

–Déjalo, no interfieras –le rogó ella.

–No puedo prometerte eso –respondió Finn.

–Entonces, no tengo nada más que decir –Ally siguió bajando y salió del portal.

–¡Espera, no seas tonta! –la llamó Simon–. Te estoy ofreciendo un trabajo. Y los dos sabemos que ese premio sería muy importante para tu carrera. ¿Cuándo vas a tener otra oportunidad como ésta?

–Yo conduzco –dijo Finn, abriendo la puerta del coche.

–Será imbécil… –murmuró Ally, cerrando de un portazo–. Menudo engreído…

–¿Quién era?

–Mi ex jefe.

–Te ha ofrecido que vuelvas al trabajo.

–Sí.

–¿Y qué más?

–Eso no es…

–Ya, no es asunto mío –terminó Finn la frase–. Pero si me dices la verdad, no sacaré conclusiones precipitadas.

–Muy bien. Por lo visto, me han dado un premio por la columna que escribía en la revista *Bliss*.

–¿Un premio? Pero eso es estupendo.

–La revista entrega premios a sus mejores escritores según los votos de los lectores y mi columna literaria ha sido un éxito, por lo visto. Entregan el premio en una de esas ceremonias con alfombra roja y va la flor y nata de Sidney: actores famosos, políticos… Es uno de los premios más importantes en el mundo editorial.

–Ya veo.

–Y el redactor jefe de la revista quiere que vaya a recogerlo personalmente. Y si no voy, Simon se meterá en un buen lío –sonrió Ally.

–¿Cuándo es la entrega del premio?

–Dentro de dos semanas.

–Yo te acompañaré, si quieres.

–No.

–¿Por qué no?

–Porque no.

–Mira, no voy a jugar al gato y al ratón contigo…

–Pues no lo hagas. Cenicienta es perfectamente capaz de ir solita al baile, muchas gracias. Si fuera, que aún no sé si voy a ir –siguió Ally.

«Piensa en el dinero que te ahorrarás no teniendo que comprar un caro vestido».

–¿Por qué no vas a ir?

–A lo mejor quiero que Simon lo pase mal.

–Ally…

–Sí, bueno. En fin, Simon intentó… quería que fuéramos algo más que jefe y empleada. Y yo le dije que no.

Finn la miró con expresión seria.

—¿Pasó algo?

—No.

—¿Dejaste tu empleo o te despidió?

—Me fui yo.

—¿De modo que le dejaste salirse con la suya?

—Sí, bueno, de todas formas no me gustaba el trabajo.

—Ah, ya, claro. Y vas a perderte la entrega de un premio por el que has trabajado desde que dejaste la universidad porque tu jefe era un cerdo. ¿Vas a perder la mejor oportunidad de tu carrera por ese idiota?

—En fin, visto así…

—Pensé que tenías más personalidad, *lille skat*.

Ally no quería seguir hablando del tema. Y no quería decirle que si Finn y ella empezaban a actuar en público como una pareja, quizá ella misma empezaría a pensar que lo eran. Y eso no podía pasar.

—Pero en fin, es tu decisión —siguió él—. Claro que podrías negociar los términos de tu vuelta a la revista. Pero si no vas a recoger el premio, ¿para qué? Evidentemente, no te gustaba el trabajo.

—Me encantaba el trabajo —admitió Ally entonces.

—Entonces, eres una cobarde.

—¡No lo soy!

—Me parece a mí que tienes miedo. Tienes miedo de que hablen de nosotros.

—Eso no…

—Aunque eso podría ayudarme.

—¿Qué?

—Ir juntos a una fiesta, como una pareja. Supongo que haríamos eso alguna vez.

—Sí, claro. Fuimos a un par de fiestas en Dinamarca.

—En fin, en cualquier caso tendremos que pasar tiempo juntos –suspiró Finn.

Ally apretó los dientes. Sabía lo que estaba haciendo y lo peor era que su argumento era perfectamente sensato.

—Pero es que yo…

—¿Vamos a ir o no?

—Puede que te reconozcan.

—Lo dudo –Finn se encogió de hombros.

—Hay que ir con esmoquin.

—Compraré uno.

—No conocerás a nadie.

—Me relacionaré con gente nueva.

Ally dejó escapar un exagerado suspiro.

—Esas fiestas duran horas y horas.

—¿Tienes que ir a algún otro sitio?

—La gente pensará que estamos juntos.

Cuando lo miró vio en sus ojos un brillo de… ¿desilusión? No podía ser.

—¿Y que piensen que estamos juntos te resulta tan horrible?

—No, no es eso.

–Entonces, Ally, *lille skat*… deja que vaya contigo. Quiero ir contigo a esa fiesta.

–No hables así.

–¿Cómo?

–Así, como lo estás haciendo. Como si tú y yo… como si fuéramos…

Finn apartó la mirada.

–Ya sé que no somos una pareja. Intentaré recordarlo.

# Capítulo Diez

–Bueno, pues esto es todo –dijo Ally, echándose hacia atrás en el sillón.

Habían colocado en orden todos los papeles, desde las primeras cartas hasta el último e-mail, en el que Finn le devolvía las fotos. Ella sentía como si se hubiera desnudado mientras Finn era poco más que un observador, un mero espectador de todo aquello. Seguía sin recordar nada.

–¿No hay nada más?

–No.

–Bueno, voy a pedir la cena.

–Yo voy a darme una ducha.

Finn se pasó una mano por la cara, frustrado.

–No te preocupes, ya encontraremos algo que te haga recordar –intentó animarlo Ally.

–Ya, claro.

Medias verdades, recuerdos fracturados, conclusiones locas; todo eso luchaba en la confusión de su cerebro. Sabía que el futuro de la empresa familiar estaba en juego, pero el deseo de saber qué había pasado entre Ally y él empezaba a ser lo más importante. Tenía que entender qué había ocurrido, quién era él antes de casarse para poder entender a la persona en la que se había convertido.

¿Por qué había dejado marchar a su mujer? ¿Por qué no había subido a un avión para llevarla de vuelta a casa?

Pensó entonces contarle que su padre había cambiado el testamento para dejarle a ella las acciones en lugar de a Marlene y que él había pensado ofrecerle un dinero para comprarlas. Pero no… no sería buena idea. Y tampoco contarle lo del cambio en el testamento. ¿Y si no encontraban el codicilo? Dejar que se hiciera ilusiones para luego tener que decirle que no había dinero sería imperdonable.

«Fallarle a la empresa es una posibilidad, pero no hasta que haya hecho todo lo que pueda. Puedo vivir con eso. Pero no podría vivir después de fallarle a Ally otra vez».

Darle esperanzas para arrebatárselas después sonaba como algo que el antiguo Finn habría hecho. Pero ya no. Era fundamental que permaneciera en silencio hasta que recuperase la memoria. O hasta que encontrasen el maldito codicilo.

Finn la miró entonces. Lo excitaba, sí. Estaba en constante estado de erección y, aunque Ally intentaba demostrar que no sentía nada por él, Finn sabía que había algo. ¿Pero qué?

Muchos de sus amigos habían admitido pensar que se había casado con Ally para demostrarle a Marlene que no iba casarse con nadie que ella hubiera elegido. Pero ¿meter a Ally en una pelea familiar sólo para irritar a su madrastra? Su sentido común se revolvía ante tal idea. Muchas de las cosas que había descubierto sobre su pasado le parecían mal, pero algo tan mezquino...

Nervioso, se levantó del sillón y salió a la terraza. El sonido del mar lo calmó inmediatamente, sus pulmones llenándose de aire fresco. Finn apoyó los codos en la barandilla del balcón y miró la negrura del océano. Una suave brisa acariciaba su piel, llevando con ella el olor de la lluvia...

Pensativo, intentaba reunir las piezas del rompecabezas que era su relación con Ally. Ella intentaba ser cauta y era comprensible después de lo que había pasado. ¿Habría sido su relación sólo física? ¿Se habría cansado de ella una vez que llegaron a Dinamarca?

No, imposible. No recordaba a Ally, pero seguía excitándolo con una sola mirada, con un solo roce. Más que ninguna otra mujer.

La primera vez que su memoria pareció despertar un poco fue cuando leía sus cartas. La segunda, cuando Ally estaba tan cerca que podría haberla besado, cuando olía su perfume, su pelo.

¿Conclusión?

La respuesta era tan simple que casi lanzó un grito de sorpresa. Había estado tan ocupado intentando razonar la atracción que sentía por ella, o intentando contenerla, que no se había dado cuenta...

Como rejuvenecido, entró en el salón de la suite, decidido a organizar su plan empezando por una ducha fría. Estaba abriendo la puerta del baño cuando recordó...

Podía ver la húmeda silueta de su mujer, desnuda, al otro lado del cristal.

Finn cerró la boca con tal fuerza que sus dientes chocaron. Lentamente, deslizó los ojos por la curva de su espalda, siguiendo la dirección del agua que caía sobre su bronceada piel. La suave, erótica curva de su trasero, unos muslos bien formados, las pantorrillas...

Era suya. Él había tocado, besado y explorado cada centímetro de su piel. Había poseído su cuerpo y su amor.

Podría entrar en la ducha y tomarla con el agua cayendo sobre los dos...

Su cuerpo le pedía que lo hiciera, urgente, desesperadamente.

Pero oírla tararear una canción lo devolvió a la realidad. Suspirando, Finn se dio la vuelta. A Ally podría no gustarle lo que estaba a punto de sugerir, incluso podría negarse en redondo, pero tenía que intentarlo.

***

Cuando Ally salió del baño, envuelta en un albornoz y con una toalla en la cabeza, Finn estaba esperando en el salón.

—Ese baño es una maravilla. El agua…

Finn se acercó a ella en dos zancadas y prácticamente la arrinconó contra la pared.

—¿Qué haces?

—Desde que te vi me he estado preguntando cómo sabrías.

Atónita, Ally podía ver la tensión en su mandíbula, el propósito en sus ojos verdes. No parecía feliz al hacer esa confesión.

Y entonces, contra toda razón, contra todas las promesas que se había hecho a sí mismo, Finn la besó.

# Capítulo Once

El beso fue puro Finn, todo lo que Ally recordaba; su piel, sus labios, su olor. Se besaron, se devoraron. Por un momento, el tiempo pareció detenerse, haciendo que volviera a ser la mujer que había sido, la que estaba enamorada de aquel hombre.

Con el torso masculino apretado contra ella, Ally luchaba entre el deseo y el pánico… hasta que el deseo ganó.

«Que Dios me perdone por ser tan débil, pero no puedo evitarlo».

Dejando escapar un gemido abrió la boca, invitando a su lengua. Había muchas dudas en su cerebro, pero no les hizo caso. En aquel momento, lo único que importaba era aquel beso intenso, hambriento. Un beso que era todo lo que ella había soñado, todo lo que había echado de menos durante aquellos meses.

Finn sostenía su cara entre las manos, tomando su boca como si fuera un banquete. Se daba un festín con sus labios, con su lengua, hasta que los dos estuvieron sin aliento. Todo su cuerpo vibraba con la fuerza de ese deseo. No le importaba haber ido allí con un propósito y que ese propósito no incluyera seducir a su mujer.

Tenía una pierna entre las de Ally y apartaba el albornoz con manos temblorosas para tocarla. La toalla cayó al suelo y Finn acarició su pelo mojado. Inclinando la cabeza, volvió a besarla con más fuerza y la oyó gemir de placer. Y ese gemido inflamó aún más su deseo. Quería tirarla al suelo, arrancarle el albornoz y hacerla suya allí mismo. Tomarla de todas las maneras posibles, por detrás, de lado, doblada sobre el escritorio...

La ferocidad de esos pensamientos hizo que se apartase de sus labios hinchados con un suspiro. Un par de ojos grises lo miraban, atónitos.

Tan rápido como había vuelto al pasado, Ally volvió al presente. Estaban en la habitación de un hotel. Ella, prácticamente desnuda, con la rodilla de Finn colocada íntimamente entre sus piernas...

Y estaba húmeda de deseo.

Así era como siempre había sido con Finn. Para él era como un árbol de Navidad. Podía encenderla con sólo tocar el interruptor.

Su disponibilidad para el sexo se había convertido en una de sus muchas bromas íntimas.

—Me lo prometiste —murmuró—. Prometiste que no me tocarías.

91

Finn, que aún tenía los dedos enredados en su pelo, apartó la mano lentamente. Como si hubiera estado preguntándose cómo sería y ahora no pudiera hartarse.

Sus ojos se habían oscurecido y estaban cargados de pasión. La misma pasión que debía de haber en los suyos. Finn la había tocado de nuevo; había vuelto a sentir el delicioso roce de sus manos. Pero no podía dejarse llevar. No podía portarse como una quinceañera irresponsable. Y por eso, inconscientemente, dejó que el deseo diera paso a la furia.

—¿Estás intentando seducirme?

—¿No te has dado cuenta?

Ella negó con la cabeza.

—¿De qué?

—De que estoy intentando demostrar una teoría.

—¿Qué?

—Hoy, después de tocarte… estaba pensando en tu boca. En tus labios, en tu lengua. En cómo olías, toda calentita y húmeda debajo de mí…

Ally se puso colorada.

—¿Qué quieres decir?

—Que me recordó algo. Lo cual lleva a mi teoría.

—¿Crees que la clave para recuperar la memoria es… tú y yo… nosotros…?

—Exactamente.

—A ver si lo entiendo: ¿crees que si nos acostamos juntos podrías recuperar la memoria?

–Sí.

–¿Me estás pidiendo que me acueste contigo? –exclamó Ally, indignada.

–Lo único que sé es que ayer tuve una especie de *flashback*. Y cuando leí tus cartas también. Creo que es debido a una intensa emoción. A una emoción física. Es como apretar un gatillo...

–Ah, qué conveniente para ti –lo interrumpió Ally–. Nos acostamos juntos y tan contentos. Pero no pienso satisfacer ese deseo ni aunque lo justifiques como un experimento. Es absurdo.

–¿Tú crees? ¿Estás diciendo que la atracción que sentimos el uno por el otro es absurda? ¿Que no existe?

–No pienso acostarme contigo –insistió ella.

–¿Tienes miedo?

–¿De ti? No.

–¿Entonces por qué no? Quizá sea lo único que pueda ayudarme.

–Sólo hemos pasado juntos un día, Finn. ¿No deberíamos darle una oportunidad a los métodos tradicionales antes de meternos en la cama?

–Tiempo es una cosa que no tengo. Y podría funcionar.

–Y si no, al menos lo pasaremos bien, ¿es eso? No, no me contestes.

Finn arrugó el ceño. Para ser una mujer inteligente, se ponía muy testaruda. Los dos sentían la misma atracción, estaba claro.

–Yo no…

–Lo hemos hecho antes muchas veces, Ally. Te he tocado íntimamente y tú me has tocado a mí. Pero cuando entro en tu espacio personal o quiero saber algo que tú no quieres contarme, das marcha atrás como si tuvieras miedo…

–No tengo miedo de nada –lo interrumpió ella–. Es que eso de acostarnos juntos es absurdo. Nos hemos separado, Finn.

–¿Qué te da más miedo, volver al pasado o el hecho de que no puedas decirme que no? –preguntó él en voz baja.

–¡Serás engreído!

–¿Lo soy?

Finn se inclinó para besarla. Era un beso de mentira, sólo para demostrar que no se equivocaba. Un beso fuerte, duro. Su boca aplastó la de Ally, tomándola, sin pedir permiso.

«Haz algo», pensó Finn, mirándola a los ojos. «Dime que no, apártate para que sepa que tú no quieres esto». Pero Ally no se apartó. Todo lo contrario. Le echó los brazos al cuello, invitándolo dulcemente con su lengua. Era como si entregándose a él, pudiera hacer suyo aquel momento…

Pero en cuanto Finn se dio cuenta de lo que estaba haciendo, en cuanto vio que estaba dándole generosamente la bienvenida, se apartó, mascullando una palabrota.

Se miraban a los ojos, los dos sin respiración.

–Yo no… –Ally tosió para que su voz sonase más clara–. No tengo miedo. Tú has cambiado tanto… eres una persona diferente.

–Y ahora no puedes predecir lo que voy a hacer.

–Exactamente.

–Pensé que era a mí a quien le gustaba ser predecible.

–Estás retorciendo mis palabras.

–¿Ah, sí?

–Sí. Me gusta que en mi vida no haya conflictos.

–¿Tienes conflictos?

–Tú eres un conflicto. Me estás… poniendo nerviosa.

–Ally, estás viendo esto de una manera equivocada…

–¿No me digas?

–Deja de luchar contra ello y será más fácil –susurró Finn, haciendo que sintiera un cosquilleo por la espalda–. Además, prometiste ayudarme y yo pienso hacer que cumplas esa promesa.

Ally quería luchar contra aquella atracción sexual, pero desde que Finn apareció en Sidney había sido como luchar contra una ola gigantesca. Además, podría tener razón. Y aunque no la tuviera, su cuerpo deseaba aquello más que nada en toda su vida. Era estúpido negárselo cuando físicamente seguían atrayéndose igual que antes. Y su amnesia era una excusa perfecta. Podía aprovecharse sin tener mala conciencia.

¿Y si funcionaba?

—No, es una tontería. Además, aún no hemos agotado todas las posibilidades.

—Como quieras. Pero no sé por qué te niegas, *elskat.* Hay química entre nosotros, eso es indudable. ¿Por qué quieres retrasar lo que es inevitable?

# *Capítulo Doce*

A la mañana siguiente, cuando el sol empezaba a salir, Finn dejó de fingir que estaba durmiendo y se dirigió al baño para darse una ducha fría.

Pero cuando entró en el salón, Ally estaba sentada en el sofá tomando un zumo de naranja.

—¿Ya te has levantado?

—Sí. ¿Cómo llegué a mi habitación anoche?

—Te llevé yo —contestó él—. Te quedaste dormida en el sofá a la una de la mañana. ¿Has dormido bien?

—Sí, gracias. He estado pensando en lo que dijiste sobre la entrega de premios...

—¿Qué parte?

—Lo de que sería importante para mi carrera. Si no voy, haré una tontería. Si voy, llamaré la atención sobre mí misma. En ambas situaciones, pierdo.

—¿No te gusta llamar la atención?

—No, me gusta ser una persona anónima. Pero si fuera, podría usarlo para mi propio beneficio.

—Entonces, vamos a ir.

—Tú no tienes…

—¿Crees que Simon no le habrá contado a todo el mundo lo de nuestro encuentro?

—Seguramente lo habrá ido contando por toda la revista. ¿Sigues queriendo ir?

—Sí.

—Pues tendremos que comprar ropa adecuada para la ocasión —suspiró Ally—. ¿Has seguido leyendo las cartas?

—Sí, pero no hay ninguna mejora en la memoria. Aún no.

—Ah.

Los dos se quedaron en silencio.

—Mira… —empezó a decir Finn—. Si quieres reconsiderar lo que dije anoche…

—¿Y tú? ¿Quieres reconsiderarlo tú?

—No.

—Yo tampoco. No hay trato.

Finn se pasó una mano por el pelo.

—Muy bien.

—De todas formas, espero que esta semana dé mejores resultados. Sobre todo, después de acudir a la entrega de premios. Bueno, ¿por qué no vas a vestirte?

—¿No te gusta ver a un hombre desnudo?

—No estás desnudo —murmuró Ally, apartando la mirada—. Llevas calzoncillos.

—Siempre puedes venir a echar un vistazo…

Ally se levantó del sofá con la velocidad de un gato.

–Necesito un poco de aire fresco.

Finn contuvo una carcajada mientras volvía al dormitorio. «Niégalo todo lo que quieras, pero estás interesada».

Y ésa tenía que ser una buena señal.


–¿Estás bien?

–¿Quieres dejar de preguntarme eso? –suspiró Ally, mientras salían de una boutique–. Estoy perfectamente.

–Una mujer que se prueba doce vestidos y no compra ninguno no puede estar bien del todo –bromeó Finn.

–Tengo un vestido en casa que puedo usar para la fiesta.

–¿No te gustó el azul?

Ally suspiró, recordando el vestido largo de corte imperio con tiras de satén y el bajo rematado en seda de colores.

–Me encantó, pero no lo necesito.

–Pues yo sigo pensando que te pasa algo –insistió Finn.

–Vaya, gracias. ¿Qué haces? –preguntó Ally cuando le puso una mano en la frente.

–Comprobar si tienes fiebre. Sí, tienes la frente muy caliente.

—Porque hace calor.

Ally se puso las gafas de sol y dio un paso atrás.

—¿En serio? Pues yo te veo muy pálida. Tienes muy mala cara.

—Vaya, qué halagador.

Mientras volvían a su casa en el coche debió de quedarse dormida porque cuando despertó Finn estaba quitándole el cinturón de seguridad y tomándola en brazos.

—¿Se puede saber qué haces?

—Estate quieta, Ally, no quiero tirarte al suelo.

Medio dormida, dejó que la llevase en brazos hasta su apartamento, que abriese la puerta con asombrosa habilidad y la dejara en el dormitorio.

Pero cuando la depositó en la cama y empezó a quitarle los pantalones, Ally lo apartó de un manotazo.

—No necesito que me desnudes.

Finn dio un paso atrás y se cruzó de brazos.

—*For helve* —musitó, inclinándose luego para desabrochar los botones con destreza. Antes de que Ally pudiera volver a protestar, le había quitado el pantalón, la cubrió con la sábana y le dio un beso en la frente.

—Descansa un rato, anda.

—Mandón —murmuró ella, sin abrir los ojos.

\*\*\*

Dos horas después, Ally despertó al oír el irritante sonido del teléfono. Pero decidió dejar que saltara el contestador.

–¿Ally? Soy Julia, tu madre.

Dejando escapar un gemido, Ally se levantó de la cama. No quería hablar con su madre. No le apetecía decirle que iba a ser abuela porque se mostraría entusiasmada y cariñosísima… y ella no quería eso ahora que era una adulta ya que no lo había tenido cuando era niña.

Su abuela Lexie había sido su verdadera madre. Ella había estado a su lado durante el sarampión, la varicela, las primeras citas, los cambios de trabajo, los malos cortes de pelo… y esa rarísima dieta de proteínas que hizo que su metabolismo se volviera loco. Ella era su madre, no Julia, que aparecía de repente llevándole regalos y prometiéndole que no iba a volver a dejarla… para desaparecer al día siguiente.

Cuando entró en el salón, encontró a Finn ladrando órdenes en danés por el móvil.

–Hola, dormilona –la saludó, después de colgar.

–Hola.

–Ven aquí.

–¿Para qué?

–Ven aquí, no seas tonta.

Ella dio un paso adelante y Finn la colocó de espaldas para darle un masaje en el cuello. El gesto, tan familiar, le hizo sentir un escalofrío. ¿Lo recordaría él? ¿Lo habría hecho por instinto?

Pero de nuevo volvió a sonar el teléfono y, de nuevo, dejó que sonara.

–Soy Simon, Ally. Tenemos que hablar…

Furiosa, Ally se volvió para descolgar el teléfono y decirle que la dejase en paz, pero tropezó con la alfombra y perdió el equilibrio. Finn intentó sujetarla, pero los dos cayeron al suelo mientras el resto del mensaje de Simon reverberaba por la habitación…

–Mira, perdona lo de ayer. Pensé que si iba a decirte en persona lo del premio, tendrías que aceptar. Pero la cuestión es que Max insiste en que vayas a recogerlo. Y ya sabes cómo es. Llama a Relaciones Públicas y diles que vas a ir, por favor. Ah, y no te preocupes por mí. Yo tengo otros planes para esa noche.

Ella cerró los ojos y dejó escapar un suspiro de alivio.

–¿Ally?

–¿Qué?

–Mírame.

Con desgana, Ally abrió los ojos para mirarlo. Y en sus ojos verdes vio una gran complejidad de emociones: sorpresa, temor, deseo.

«No dejes que te toque». «Sigues enamorada de tu marido».

Ally lo miró, atónita. ¿Seguía enamorada de él? Sí, lo amaba. Lo amaba como no lo había amado mientras estaban casados. Entonces recordó la letra de una vieja canción… «te quiero más ahora que cuando eras mío».

Tenía que recordarse a sí misma que Finn no había sido suyo en mucho tiempo, que quizá no lo había sido nunca. Pensaba que era inmune después de todo lo que había pasado, pero seguía deseándolo.

—Me estás aplastando.

—Perdona —dijo él. Pero no se movió.

—Finn, tengo que levantarme.

Sin decir una palabra, él se levantó y le ofreció su mano. Pero en lugar de soltarla, la llevó al sofá.

—¿Qué estás…?

—Calla. Por una vez, no digas nada, *elskat*.

Y luego la besó con tal pasión, con tal deseo que un brillo de esperanza nació en el corazón de Ally. ¿Y si…?

—Voy a traer mis cosas aquí.

—¿Qué?

—Evidentemente, lo de mi teoría no te ha gustado mucho y no tenemos tiempo. ¿Se te ocurre algo mejor?

«Nada que no sea darte un golpe en la cabeza».

—Yo no…

—Tenemos menos de dos meses para encontrar el codicilo, Ally. No podemos ir despacio.

Ella tragó saliva. Cada vez que mencionaba el codicilo recordaba la razón de su vuelta a Sidney.

–¿Y mi opinión no cuenta?

–Podrías haber dicho que no cuando te pedí ayuda.

–¿Cómo? Prácticamente me has chantajeado…

–Sí, es verdad, lo siento. Estoy intentando solucionar esta situación tan rápidamente como puedo.

Ally quería olvidarse de las dudas, de los miedos, del pasado. Quería mandarlo todo a la porra. Incluso quería olvidar el corazón roto que seguiría a la partida de Finn.

Pero ¿volvería a tener otra oportunidad de estar con él? Si era sincera consigo misma, ¿no era aquello lo que había querido desde que recibió su intempestiva llamada? Sí, él se marcharía dos meses después, pero los recuerdos de aquellos días juntos se quedarían con ella para siempre.

–Muy bien, puedes venirte aquí. Cuanto antes hagamos esto, antes podrás volver a casa –dijo, como si no le importara. Como si no fuera la decisión más importante de su vida.

# Capítulo Trece

Después de pasar todo el día juntos, Ally esperaba con anticipación y con miedo a la noche. De modo que se tomó su tiempo en el cuarto de baño, haciéndose una limpieza de cutis que no necesitaba antes de darse la ducha más larga de su vida. Por fin, después de ponerse el pijama más viejo que encontró en el armario volvió al salón y encontró a Finn rebuscando en la caja donde guardaba sus cartas.

«Recuerda por qué está aquí».

–¿Has encontrado algo interesante?

–Nada.

–Voy a trabajar un rato. Tú sigue intentándolo.

–Muy bien.

Suspirando, se sentó frente a su escritorio, decidida a concentrarse en algo que no fuera el deseo de lanzarse sobre Finn Sorensen y comérselo a besos.

\*\*\*

Después de una productiva hora delante del ordenador, Ally se levantó.

–Voy a tomarme un descanso. ¿Quieres comer algo? Tengo queso y fiambre.

–Sí, gracias.

Cuando volvió de la cocina con una bandeja, Finn le mostró una foto.

–¿Cuándo te la hiciste?

Era una fotografía de Ally con una camiseta rosa… y nada más. Parecía más joven, más alegre. Y totalmente enamorada.

–Pues… es que estabas trabajando quince horas al día y quise darte algo personal. Para que te acordases de mí en la oficina.

–Ah. ¿Y por qué la tienes tú?

–Porque me la devolviste, junto con todas las demás. Cuando me fui de Copenhague.

–Ya –murmuró Finn, pensativo–. Háblame de tu familia.

–¿Otra vez? Ya te he contado todo lo que necesitas saber –suspiró Ally–. Mi abuelo se divorció de mi abuela Lexie cuando mi madre tenía un año. Fue un escándalo. Él pertenecía a una familia rica y ella era la hija del ama de llaves. Mi abuelo se quedó con la custodia de la niña y luego volvió a casarse y se marchó a Nueva Zelanda. Cuando mi madre cumplió los dieciocho años buscó a mi abuela Lexie, pero apenas se conocían. Julia odiaba el papel de niña de la buena sociedad que había tenido que hacer hasta el momento y buscar a su madre era una forma de rebelarse. Por supuesto, mi abuelo la desheredó. Y ha pasado toda su vida intentando «encontrarse a sí misma» –añadió Ally, sarcástica.

–¿Y tu padre?

–Ah, mi padre… Julia lo conoció en una fiesta irlandesa en Nueva Zelanda. Se casaron y emigraron a Australia antes de que yo naciera. Vivimos en Blue Mountains hasta los diez años…

–Cuando lo perdiste todo.

–Sí. Una noche, mi padre se quedó dormido con un cigarrillo en la mano y la casa se incendió. Mi madre y yo estábamos en la casa de al lado, ayudando a una vecina que acababa de tener un niño. Al contrario que mi padre, la casa no estaba asegurada. Suena horrible, pero su muerte fue lo mejor que pudo pasarle a mi madre.

–¿Por qué?

–Mi padre era un canalla y un borracho. Mi madre tuvo que soportar gritos y malos tratos durante años. Mis primeros recuerdos son de ellos dos discutiendo. Él culpaba a los demás de todos sus problemas. A sus jefes, al banco, al gobierno por haberle dejado una pensión minúscula. Gritaba a mi madre porque, según él, se gastaba mucho dinero… cuando apenas tenía para pagar las facturas… Bueno, no quiero seguir hablando de eso.

–Cuéntamelo, Ally.

Ella lo miró, sorprendida.

—¿Quién eres tú y que has hecho con Finn Sorensen?

—He cambiado… por lo visto.

Esa admisión la hizo sonreír.

—En Dinamarca tengo restricciones, protocolos, pero aquí… no sé, no puedo explicarlo, pero me siento más relajado, más yo mismo. ¿Eso suena raro?

—No, en absoluto. Siempre te gustó eso de Australia. El anonimato te da una libertad maravillosa.

—Bueno, sigue hablándome de tu familia…

—¿No te he contado ya suficiente?

—La mayor influencia en la vida de una persona son sus padres.

—Sí, desde luego. Como te he dicho, mi padre culpaba a todo el mundo por sus desgracias. Eso es lo que hacía siempre… y creo que yo también lo hago. Y no me gusta nada.

—Pero él ya no está, *elskat*.

—Lo sé, pero es como si hubiera dejado una huella en mí. Sigo guardando dinero en el cajón del armario por si algún día me pasa algo. Odio discutir, no puedo soportar las mentiras. Y, como puedes ver, no me levanto al amanecer para pasar el polvo. Yo necesito… —empezó a decir Ally. «Que me necesiten». Pero no lo dijo en voz alta—. Julia sigue huyendo de cualquier responsabilidad porque mi padre la hizo responsable de todo durante mucho tiempo.

–¿Cómo es ella?

–Una persona que sigue buscando… no sé qué –Ally se encogió de hombros–. Estoy segura de que no quería tener hijos porque me dejó con Lexie en cuanto cobró el seguro de vida de mi padre. La quiero, pero… nunca fue una madre para mí. Y no la entiendo. Cada cumpleaños espero a una madre que promete venir a verme, pero nunca lo hace. Cuando aparece, meses después, es una extraña que llega con regalos y promesas. Pero nada más. No sé, quizá yo le recuerdo una parte muy fea de su vida. Mi padre mentía o ignoraba sus problemas, mi madre huye de ellos.

–Tú no eres como tu madre.

–¿No? Es posible, pero ella ha influido mucho en mi personalidad –murmuró Ally.

–¿En qué sentido?

–Finn, te dejé por muchas razones… y una de ellas era el miedo. Miedo de que no me quisieras, miedo de que alguien descubriera algo sobre mi familia y eso me pusiera en peores términos con la tuya. Tú eres una celebridad en Dinamarca, pero te casaste con una chica vulgar que ni siquiera tiene empleo fijo.

–Ally… –Finn acaricio sus dedos–. No hay nada vulgar en ti. Parece que Marlene te afectó demasiado.

–Porque decía la verdad.

–¿Ah, sí? Mis ancestros eran guerreros vikingos,

unos salvajes en realidad, nada de aristócratas de rancio abolengo. Yo soy un hombre de negocios, no una celebridad. Y tú… –Finn colocó un rizo detrás de su oreja– eres la mujer menos vulgar que he conocido nunca. Eres divertida, compasiva. Preciosa.

Ally se quedó sin aliento.

–¿Preciosa?

–Preciosa –repitió él, levantando su cara con un dedo–. Y cada día me resulta más difícil no besarte.

Ally tragó saliva.

–¿Por qué no lo haces?

Finn no contestó. En lugar de hacerlo inclinó la cabeza y, ardiendo de deseo, buscó sus labios. Pero después de unos minutos de delicioso contacto boca a boca, de suspiros y gemidos suaves, sintió que ella se apartaba.

–No, *elskat*. Quiero…

No pudo terminar la frase porque, dejando escapar un gemido de angustia, Ally se levantó y corrió al cuarto de baño.

# *Capítulo Catorce*

Mientras vomitaba en el baño, Finn llamó suavemente a la puerta.

—Salgo enseguida —consiguió decir Ally.

—Ninguna mujer ha reaccionado así nunca ante un beso mío —intentó bromear él.

—Genial, tú haciendo bromas mientras yo me muero aquí. ¿Puedes olvidar lo que ha pasado, por favor?

—Ésa es mi especialidad.

Riendo, Ally abrió la puerta.

—Debo de haber pillado un resfriado o algo así —murmuró, tomando el cepillo de dientes.

—Ya te dije que tenías la frente muy caliente —le recordó Finn—. Deberías irte a la cama.

—Estoy bien —mintió ella.

—Pareces cansada. Venga, vete a dormir. Esto puede esperar hasta mañana. Yo iré a buscar mis cosas al hotel.

Para no discutir, Ally terminó de lavarse los dientes y asintió con la cabeza.

—Muy bien. El sofá es una cama. Voy a buscar sábanas.

Cuando Finn volvió al apartamento, ella había hecho la cama en el salón.

—Puede que no sea como un hotel de cinco estrellas, pero es bastante cómodo. En fin... —Ally se colocó el pelo detrás de las orejas—. Que duermas bien.

Pero cuando se volvía para ir al dormitorio, Finn la detuvo.

—¿No vas a darme un beso de buenas noches?

—Tú estás loco.

—Sólo un besito —sonrió Finn.

—Estás muy seguro de ti mismo, ¿no?

Ese brillo burlón en sus ojos era algo que Ally no había visto en mucho tiempo. Pero seguía resultándole dolorosamente familiar.

—De lo que estoy seguro, *elskat*, es de la atracción que sentimos el uno por el otro. Si no intentaras luchar contra ella, tú también lo verías con toda claridad.

A la mañana siguiente volvieron a revisar cartas y fotos, pero Finn seguía sin recordar.

—A lo mejor estamos demasiado obsesionados —suspiró Ally, pasándose una mano por la espalda.

—¿Te duele?

–No es nada. Nada que un masaje no pueda curar –bromeó ella. Pero cuando Finn alargó la mano, se apartó.

–Era una broma.

–Venga, siéntate en el sofá. Voy a darte un masaje.

–No…

–No discutas.

Con desgana, o más bien con cierto temor, Ally se sentó en el sofá y dejó que Finn levantara su camiseta.

Él apretó los dientes. «Piensa en otra cosa». «Piensa en los planes de negocios para este año. En los beneficios, en los informes de ventas. En la reunión anual del Consejo de Administración».

Pero no servía de nada.

Dos minutos después, estaba recitando mentalmente la lista de los ganadores de la World Cup de golf cuando Ally dejó escapar un gemido. El tentador aroma de su pelo, la suavidad de su piel… todo era demasiado y su cuerpo respondió como lo haría ante una corriente eléctrica. La seda de su piel parecía afectar directamente a su entrepierna y, de repente, Finn no podía respirar.

Y tampoco podía recordar cuándo se había sentido tan feliz de estar con alguien.

Pero cuando deslizó la mano hasta su estómago, Ally se levantó de un salto, bajándose la camiseta como si la hubiera insultado.

—¿Qué haces?

—¿Qué pasa?

—Nada.

—¿Por qué te has apartado así?

—Porque... —Ally no sabía qué decir—. Es que me pasa lo mismo que a ti.

Finn fingió que no la entendía. La miraba, de pie, con esa expresión tan vulnerable. Le partía el corazón verla así, sin saber qué hacer.

—¿Qué quieres decir?

—Es que... yo...

—¿Qué?

—Que no sé qué hacer porque...

—¿Por qué?

—Porque me excitas, Finn. Pero aunque me siento atraída por ti, no puedo dejar que vuelvas a hacerme daño. ¿Lo entiendes?

—Sí, claro que lo entiendo. Y quizá estamos exagerando. Con lo de mi memoria, quiero decir.

¿Era su imaginación o parecía aliviado?

—Eso suena... bastante lógico.

—Entonces deberíamos...

—Podrías ir a dar una vuelta —sugirió Ally—. De todas maneras, yo tengo que trabajar un poco.

Finn asintió con la cabeza y, sin decir una palabra, salió del apartamento.

# Capítulo Quince

Dos semanas después, un sábado por la noche, Ally se miraba al espejo con cara de asco. Sus pechos se habían convertido en los pechos del infierno. Lo que una vez había sido un vestido muy apropiado para un cóctel la hacía parecer ahora la protagonista de una película de Fellini. Daba igual en qué postura se pusiera… siempre estaban ahí, a punto de salirse del vestido. Enormes.

El golpecito en la puerta del dormitorio pilló a Ally intentando colocárselos.

—Pasa.

Finn entró con una bolsa y se detuvo abruptamente.

—¿Vas a ir con eso?

Ally se volvió, en jarras.

—¿Algún problema?

Finn deslizó la mirada por las curvas que apenas podía contener el vestido color cereza. No, en realidad no tenía ningún problema con el vestido. Le gustaba mucho. Aunque le gustaría más verla sin él. Pero sus cremosos y abundantes pechos se salían del vestido de una forma casi indecente.

–*Elskat*, todos los hombres tendrán un problema cuando te vean.

Ally tuvo que contener una carcajada. Durante las últimas semanas habían logrado que su relación fuera una relación casi de amistad.

–Por cierto, te he comprado un regalo.

–¿Qué es? No deberías…

–Quería comprarlo –la interrumpió Finn, sacando una caja de la bolsa y de ella el vestido azul que Ally se había probado dos semanas antes.

–Pero Finn…

–Y también quiero darte esto –siguió él, como si no la hubiera oído, sacando una cajita de terciopelo–. Venga, ábrela.

Ally la abrió y tuvo que contener un suspiro. Sobre una cama de terciopelo azul marino había un delicado collar de plata y zafiros. Las piedras azules, en talla cuadrada, alternaban con adornos de plata. En el centro, un zafiro en forma de pera caía haciendo guiños con la luz.

–Mi prima Louisa lo ha diseñado para la colección del año que viene. Me lo ha enviado por mensajero urgente –sonrió Finn, sacándolo de la cajita para ponérselo en el cuello.

Sin habla, Ally se miró al espejo, rozando las piedras con los dedos. Luego lo miró a él, estupefacta, y Finn levantó una mano para acariciar su cara.

—Yo no merezco...

—Tú mereces llevar las mejores sedas y ser tratada como un miembro de la realeza. Mereces sentirte bien contigo misma, especialmente esta noche —sonrió él, acariciando su brazo—. Deja que te haga sentir bien, Ally. Prometo no decepcionarte.


Como había prometido, Finn hizo que Ally se sintiera bien desde el principio. Había contratado una limusina que los llevaría a la entrega de premios y le abrió la puerta, como si fuera una princesa. Y luego, una vez dentro, sacó una botella de champán de una diminuta nevera.

Pero cuando llegaron al hotel donde tendría lugar la entrega de premios y el conductor abrió la puerta de la limusina, Ally se quedó inmóvil. El flash de las cámaras, los gritos de la gente que esperaba en la entrada para ver a alguna celebridad le asustaban. Una alfombra roja flanqueada por reporteros llevaba hasta la puerta del hotel. Tras ellos, la gente no dejaba de hacer fotografías, esperando ver alguna cara conocida.

—Sonríe, *elskat*. Es tu noche.

Finn la ayudó a salir de la limusina, sonriendo y saludando con la mano como si fuera lo más natural del mundo para él.

«Lo es», pensó entonces. Ser admirado y fotografiado era lo más natural del mundo para Finn

Sorensen. Ella, mientras tanto, no podía dejar de pensar que iba a cenar con estrellas de la televisión y del cine, con modelos y actores.

—¡Ally! —la llamó Simon.

—Vaya, dijiste que no ibas a venir.

—Sí, bueno... los de Relaciones Públicas me dijeron que tú sí vendrías —sonrió Simon, volviéndose hacia Finn—. La última vez no nos presentaron. Soy Simon Carter, el jefe de Ally.

—Ex jefe —le recordó ella.

—Finn Sorensen —se presentó él.

—¿Está emparentado con la familia de joyeros daneses?

—Nikolai Sorensen era mi padre.

Simon asintió con la cabeza y luego se volvió para besar a Ally en la mejilla, pero ella se había pegado a Finn buscando protección. No se fiaba de Simon. No se fiaba en absoluto.

—¿Y cómo es que no llevas alianza? —preguntó su ex jefe entonces, mirando sus manos.

—La están arreglando en Copenhague —mintió Ally.

—Ah, ya veo —sonrió Simon, irónico.

—Tengo la impresión de que tiene usted un problema con mi mujer, señor Carter —intervino Finn entonces—. Pero si sigue molestándola, le aseguro que borraré esa estúpida sonrisa de su cara. Intente explicarle un ojo morado a las cámaras.

—Oiga...

–Vamos, Ally –lo interrumpió él.

Nadie había salido en su defensa nunca, en toda su vida. Ella siempre había cuidado de sí misma. Siempre había tenido que hacerlo.

–Ahora Simon sabe quién eres –le advirtió.

–Eso da igual.

–Pero…

–Me gusta que te preocupes por mí, *elskat* –sonrió Finn–. Pero no podemos escondernos para siempre. Es mejor decir quién soy directamente y no dejar que haya especulaciones. Estoy aquí, eso es lo importante. Y ahora, disfruta de tu noche.


Ally rezaba para no tener náuseas durante la entrega de premios y, sobre todo, para no vomitar encima de alguien importante. Para su asombro, sus rezos fueron escuchados. Incluso consiguió bromear con el presentador e hizo un discurso de agradecimiento que recordaba más o menos como: «Pues… muchas gracias».

Ahora, en medio de la fiesta, con la gente bebiendo y bailando por todo el hotel, esperaba en la cola para usar el baño como solía ocurrirle varias veces al día desde que se quedó embarazada. Estaba tan cansada que le dolían hasta los huesos. Tanto sonreír, tanto charlar con todo el mundo la había dejado exhausta.

Sin pensar, se pasó una mano por el abdomen

justo cuando un fotógrafo la apuntaba con su cámara.

Ally se volvió para decirle que la dejase en paz, pero Finn se acercaba por el pasillo.

–Sonríe, preciosa. Te están haciendo fotos.

–Venir aquí ha sido una idea absurda.

–No, qué va. Tú has conseguido esto –Finn señaló el elegante premio que llevaba en la mano– y yo lo estoy pasando muy bien.

–¿Por qué tardan tanto las mujeres en el baño? Espera aquí, vuelvo enseguida –dijo Ally entonces, empujando la puerta del baño de caballeros.

Pero cuando entró encontró a un hombre lavándose las manos.

–Perdone, es que había una cola muy larga en el de señoras…

–Señorita McKnight –la saludó Max Bowman, el redactor jefe de la revista *Bliss*–. Llevo toda la noche intentando hablar con usted.

–¿Sobre qué?

–Sobre su trabajo. Vamos fuera.

A Ally le daba vueltas la cabeza cuando volvió con Finn. Max acababa de ofrecerle que volviese a la revista… con un considerable aumento de sueldo. Y ella estaba pensándolo.

«Necesito un trabajo. No puedo vivir de mis ahorros para siempre».

—¿Algún problema?

—No, no. Es que estoy cansada. ¿Podemos irnos ya?

—Sí, claro —sonrió él, tomándola del brazo—. Voy a pedir el coche.

Cuando salían del hotel, Simon volvió a acercarse a ellos.

—Sólo quería felicitarte.

—Gracias —dijo Ally con frialdad—. Bueno, tenemos que irnos.

—Sí, claro. Ah, por cierto, y enhorabuena a usted también, señor Sorensen.

—¿Por qué?

—Parece que querías guardarlo en secreto, Ally —sonrió Simon, señalando su abdomen—. Pero claro, con ese vestido no se nota. Bueno, que disfrute de la paternidad, señor Sorensen. Mejor usted que yo.

Ally cerró los ojos, deseando que se la tragara la tierra. Esperando que Finn no hubiera entendido. Pero enseguida supo que lo había entendido porque notó que apretaba su brazo con fuerza.

—¿Ally?

—¿Qué?

—Estás embarazada —murmuró él, incrédulo.

—No te atrevas a juzgarme, Finn. No te atrevas.

—Estás embarazada —repitió Finn.

—Sí.

—De Simon.

–¡No! Es… –Ally intentó hablar, pero no le salían las palabras–. El niño es tuyo.

Nada podía haberla preparado para la expresión de incredulidad en el rostro del hombre que todavía era su marido. Y nada podría haberle dolido más.

–¿Voy a ser padre?

Ella asintió con la cabeza y Finn se pasó una mano por la cara, nervioso. Pero enseguida se compuso, sus nobles facciones más serias que nunca.

Ally abrió la puerta del coche y entró, desesperada por estar a solas con él para explicárselo todo. Pero Finn permaneció fuera, clavado al suelo.

–¿Vas a subir?

–No.

–Pero…

Fulminándola con la mirada, Finn cerró la puerta, la fuerza del impacto haciendo vibrar las ventanillas.

# *Capítulo Dieciséis*

Como si un millar de demonios lo persiguieran, Finn caminaba a grandes zancadas por el paseo que corría paralelo a la playa Coogee a la mañana siguiente. Corría como escapando de algo mientras subía hacia el acantilado. Los primeros rayos del sol lo hacían sudar y tenía que guiñar los ojos para ver por dónde iba.

Y aun así podía ver el rostro de Ally, podía oír esas palabras confirmando la increíble revelación de la noche anterior…

Un niño. El niño de Ally.

Su hijo.

En su mente, la imaginaba embarazada, su cuerpo hinchándose con la evidencia de su pasión y su amor.

Su hijo.

El hijo del que Ally no había querido hablarle.

Caminaba tan rápido que empezaba a faltarle el aire y tuvo que detenerse un momento. Era como si sus pulmones estuvieran a punto de explotar. Y su cabeza.

Un hijo.

De repente, vio el rostro de Ally lleno de lágrimas. Retazos de memoria empezaron a aparecer, trozos del pasado sin sentido ni lógica alguna...

«Tengo que pensar».

—¿Se encuentra bien? —oyó la voz de alguien que pasaba a su lado.

—Sí, sí, estoy bien. Gracias.

Después de cinco minutos paseando despacio empezó a encontrarse un poco mejor. Recordaba algo. No todo, no el codicilo. Pero recordaba lo suficiente como para entender quién había sido y por qué ahora era un hombre tan diferente.

Iba a ser padre.

Un escalofrío de miedo recorrió su espalda. ¿Qué clase de padre sería? ¿Como el suyo, un adicto al trabajo que apenas tuvo tiempo para su mujer y mucho menos para su único hijo? ¿Cómo el antiguo Finn Sorensen?

«¿Desde cuándo te quejas de la suerte que has tenido en la vida?», le pareció oír la voz de Nikolai. «Te encanta tu trabajo y el estilo de vida que puedes llevar gracias a la familia».

No. No era eso. Él no era así.

Pero no podía dejar de ver esas imágenes... las últimas palabras de su padre, lo que sus amigos y colegas le habían contado de su vida antes del accidente.

La reacción de Ally ante su llegada.

Incluso sin trabajo, incluso embarazada, ella se negaba a necesitar a nadie. Y menos a él.

Pero no podía fingir que aquello no lo cambiaba todo.

Finn siguió caminando a buen paso. Ahora Ally necesitaba dinero más que nunca. Y por eso, más que nunca, necesitaba encontrar el codicilo.

De repente, Finn tuvo que detenerse. Como si un rayo hubiera roto la tierra, el camino terminaba abruptamente en el acantilado frente al océano Pacífico. Las olas golpeaban contra las rocas, soltando chorros de espuma, lanzando gotas de agua sobre su cara.

No sabía el tiempo que había estado allí, mirando el mar, intentando recordar... reunir todas las piezas del rompecabezas. Sólo sabía que cuando por fin se dio cuenta de lo que estaba haciendo el sol estaba ya alto en el cielo.

Y con una rabia que no podía contener, Finn volvió sobre sus pasos.

# Capítulo Diecisiete

A una manzana de su edificio, después de comprar el periódico, Ally vio a Finn acercarse por el otro lado de la calle. Lo vio caminar, alto, decidido, como si persiguiera algo.

«Tienes que tranquilizarte. Tienes que mantener el control».

Por fin, Finn se detuvo delante de ella.

–El niño es mío.

–Ya te lo dije.

–¿Y yo lo sabía?

–No.

–¿Por qué no?

Ally miró alrededor.

–Aquí no –murmuró, dirigiéndose al apartamento.

Subieron en silencio y sólo cuando Ally cerró la puerta, Finn volvió a hablar:

–¿Por qué no me lo dijiste?

–¿Para qué habría servido?

–¿Y qué hay de mi derecho a saber que iba a tener un hijo? ¿Tan egoísta eres? ¿No pensabas decírmelo nunca?

–¿Egoísta? Yo no sabía que estaba embarazada hasta que volví a casa. Pensé contártelo un millón de veces, pero tú no querías tener hijos… no te lo conté porque pensé que no querrías saber nada. ¿Qué habrías hecho tú en mi lugar?

–No me culpes a mí, Ally.

–Siempre decías que la empresa era lo más importante en tu vida, pero yo no me di cuenta de que era verdad hasta que fue demasiado tarde. Y dijiste claramente que no querías tener hijos.

–Ese niño necesita un padre –insistió Finn.

De todas las frases que había esperado oír, aquélla era la última

–En caso de que no te hayas dado cuenta, estamos en el siglo XXI. Hay millones de madres solteras.

–No me entiendes, Ally. No pienso quedarme cruzado de brazos, dejando que destroces tu vida…

–Ah, claro, y tú sabes cómo solucionarlo todo, ¿no? ¿Qué clase de persona crees que soy? ¿Crees que no podría cuidar de mi hijo yo sola?

–Yo no he dicho eso. Pero el niño también es mío.

–Te aseguro que a veces he deseado que no lo fuera.

–¿Qué quieres decir con eso?

–¿Crees que disfruté diciéndote adiós? ¿Que yo quería que rompiéramos? ¿Que no lo intenté de todas las maneras posibles? Pero no pude hacer nada, Finn. Rompimos, yo volví a casa y descubrí que estaba embarazada. Pero tú ya tenías una nueva novia. Una nueva vida. No quise meternos a los dos de nuevo en aquel lío. Y este niño será más feliz con una madre que lo quiere que con una madre y un padre que se odian.

–Nosotros no nos odiamos…

–Mira, tú has vuelto a Sidney para recuperar la memoria, nada más.

Finn la tomó del brazo.

–Estás huyendo otra vez, Ally. Estás intentando escapar de mí. Deja de hacerlo y…

–Y tú deja de creer que te necesito porque no es así.

–Ya no soy la misma persona de antes. He cambiado.

«¿Lo suficiente como para quedarte?», pensó ella.

–No te necesito, Finn, eso es lo único importante.

–Tú estás tan decidida a echarme de tu vida como yo a ayudarte. No tienes un trabajo fijo, no tienes una casa en la que criar a un niño… Un apartamento no puede compararse con una casa. Pero sigues sin aceptar mi ayuda. ¿Por qué?

«Porque cuando por fin recuerdes te perderé para siempre».

—*Elskat*, te prometo que no volveré a hacerte daño.

—Eso ya lo has dicho antes –replicó Ally–. No puedo competir con tu empresa, Finn. ¿No te das cuenta de que acabaríamos odiándonos el uno al otro? Una vez huí de Copenhague para no seguir sufriendo.

—Pero yo no soy el hombre que era…

—¿Cómo sabes que no volverías a hacerlo? No quiero que prometas nada que no puedas cumplir.

—Puedo darte dinero…

—No necesito tu dinero.

—¡Maldita sea, Ally, es mi hijo! ¿Por qué no dejas que te ayude?

—¡Porque no quiero! –exclamó ella.

—Tu orgullo no te lo permite. Es absurdo.

—Mira, déjalo. Llevo cuidando de mí misma desde que tenía diez años. No necesito que nadie controle mi vida.

—Esto no tiene nada que ver con controlar tu vida. Me estás mintiendo…

—¡Deja de analizarme! –le espetó ella–. Yo no miento, Finn.

—Pero dejas fuera muchos detalles. El niño, tus padres... Y ésa es la auténtica razón por la que te fuiste de Copenhague.

—Ya te conté lo que pasó…

—No me lo creo.

—Me sentía sola, abandonada. Deprimida…

—Y después de tres meses de matrimonio, decidiste tirarlo todo por la borda.

—Me rendí, sí. Justo cuando tú dijiste que no querías tener hijos. ¿Eso es lo que querías oír?

—La mujer que me escribía esas cartas estaba locamente enamorada de mí. Esa mujer no se habría rendido tan fácilmente.

—Estaba harta de dormir sola, de esperarte durante horas, de tener que soportar los comentarios de Marlene… Pasé toda mi niñez siendo ignorada por mis padres y no pensaba dejar que mi marido hiciera lo mismo. Sí, al principio pensé que el amor lo conquistaba todo, pero estaba equivocada. Absolutamente equivocada —dijo Ally entonces, intentando contener un sollozo.

—Ally…

—¿Qué?

—Lo siento.

—Mira, yo era joven y me sentía insegura y tú…

—Lo siento, lo siento. Yo era un engreído, un idiota. No quise venir a buscarte por orgullo.

—Así es.

—Gracias por ser tan sincera —intentó sonreír Finn.

—Si no eres sincera puedes acabar viviendo una vida que no es la tuya.

—¿Y tu vida de ahora te gusta?

«Sí. No. Ya no lo sé».

—Mira, déjalo… —murmuró ella, volviéndose para no tener que mirarlo a los ojos.

—Ally… por favor, mírame.

—No.

—Por favor —insistió Finn.

—¿Para qué?

—Porque quiero verte la cara.

—¿Para qué? Te habías olvidado de mí. No recordabas mi cara siquiera…

—Pero ahora quiero verla —insistió él.

Ally se dio la vuelta poco a poco para mirarlo a los ojos. Era cierto. Era diferente del hombre con el que se había casado, era como estar hablando con un extraño. Lo había acusado de hacerla infeliz, de arruinar su vida, pero ahora sólo veía a un hombre que necesitaba respuestas. Un hombre que quería ayudarla a criar a su hijo y que estaba frustrado por su negativa.

De repente, se sintió ahogada por un sollozo. No quería llorar. Sabía que Finn, el antiguo Finn, no soportaba verla llorar. Eso le enfadaba y lo ponía a la defensiva. Una vez incluso la acusó de intentar manipularlo con sus lágrimas. De modo que lloraba a solas. Él no lo había sabido nunca.

—Son las hormonas —intentó explicar.

Pero Finn levantó una mano y secó sus lágrimas con el dedo. Ally no quería mirar su boca, pero no podía dejar de hacerlo. No quería que la besara, pero no dejaba de pensarlo. Y cuando la miró a los ojos fue como si leyera sus pensamientos porque, de repente, inclinó la cabeza y buscó sus labios.

Su piel olía a cada recuerdo que tenía de él, todos ellos sexuales, ardientes. Sus labios sabían a calor y a promesas prohibidas. Finn tomó su cara entre las manos y, boca a boca, sus alientos se mezclaron.

Una vocecita la avisaba del peligro. «No dejes que te acaricie». «No dejes que te muerda el labio inferior como solía hacerlo antes». «No dejes que te toque».

Pero dejó que lo hiciera. Y sólo se apartó cuando Finn empezó a acariciar su estómago.

—Finn, yo…

—No, *elskat*. No tienes que esconderme nada.

Esa palabra tan cariñosa fue como la lluvia sobre unos labios parcheados por el sol. Y Ally dejó escapar un gemido cuando lo que quedaba de su voluntad se vino abajo.

Le temblaban las rodillas y tenía el corazón tan acelerado que apenas podía respirar. ¿Cuántas noches había soñado con volver a estar entre los brazos de su marido? ¿Cuántas horas había permanecido despierta recordando…?

—Finn, tenemos que…

—Por favor, no me digas que pare. No creo que pudiera hacerlo.

Y entonces Ally tomó una determinación. Una que podría costarle muy cara.

—Quítame la camisa.

La expresión de su rostro valía un millón de corazones rotos, decidió. Finn tiró de su camisa y oyó que una costura se rasgaba. Pero le dio igual. Estaban quitándose la ropa como dos adolescentes, intercambiando besos hambrientos, tocándose por todas partes.

Medio desnudo, Finn la tumbó sobre la alfombra.

—Llevo meses teniendo este sueño –dijo con voz ronca–. Tú estabas desnuda, tumbada en una alfombra, y yo te hacía el amor… no recordaba tu cara, pero me recordaba a mí mismo dentro de ti, Ally. Y tú estabas húmeda, caliente.

Ella cerró los ojos al sentir las manos de Finn sobre su estómago, en sus caderas, en sus pechos. Casi de forma lasciva empezó a acariciar sus brazos, los bíceps marcados… Cómo lo había echado de menos.

La mano de Finn se deslizó entre sus muslos, en sus ojos una pregunta. Pero no tenía que preguntar porque Ally se abrió para él. Como había hecho siempre. Cuando sus dedos encontraron el centro de su deseo, lanzó un gemido, levantando instintivamente las caderas.

Finn acariciaba su zona más sensible con dedos expertos hasta que Ally empezó a jadear. Temblando, se mordía los labios para no gritar de placer.

—No te contengas, *elskat* –musitó, besándola–. Abre los ojos.

Ally no podía negarse, nunca había podido negarle nada cuando hacían el amor. Finn podía hacerle perder la cabeza con una simple mirada, un roce, una promesa. Y el tiempo no había cambiado eso.

Finn se detuvo un momento, temblando. Y cuando miró a Ally, su mujer, vio algo en sus ojos. ¿Era miedo? No tenía ni idea. Y no quería saberlo porque…

Porque ella buscó sus labios ardientemente y Finn dejó de pensar. A toda prisa se quitó los pantalones y, dejando escapar un ahogado gemido, entró en su húmeda cueva.

—¿Ally?

Para su asombro, una solitaria lágrima rodaba por su rostro.

—¿Ally, estas bien? ¿Te he hecho daño?

—No, no… no pares.

—¿Segura? Puedo…

—¡No! —Ally apretó las piernas para que no se moviera, sujetándolo—. No pares.

Inquieto, Finn hizo lo que le pedía. Pero había algo que no… no estaba bien. Hicieron el amor con desesperación y terminaron demasiado pronto. Luego se separaron, como avergonzados. Finn no sabía qué hacer, qué decir.

Lentamente, las sombras empezaron a llenar el salón y poco después empezó a llover. La lluvia golpeaba las ventanas, el agua entrando en el salón por la terraza abierta.

Ally oyó que Finn se levantaba para cerrar la puerta.

Luego, nada.

En medio del silencio se puso los pantalones y la camisa con manos temblorosas. Mirando por encima del hombro lo vio, desnudo, observándola.

—Esto no debería haber pasado —dijo con voz ronca.

A Ally se le encogió el corazón. Finn no la deseaba, sólo deseaba lo que podía darle.

Su memoria.

—Parece que tu teoría no ha funcionado, ¿no?

—Quiero decir que no deberíamos haberlo hecho así…

—Ah, ya.

—¿Por qué llorabas, Ally?

—No lloraba.

—Sí llorabas —insistió él.

—No, es que…

—No me mientas, Ally. ¿Por qué? Tengo que saber por qué.

—Porque me haces sentir vulnerable —suspiró ella por fin—. Me haces sentir como una adolescente que necesita atención. No necesito que me digas que no sé cuidar de mí misma y mucho menos de un niño. Que no estoy lista para ser madre, que soy una egoísta y que intento retomar una relación que está inevitablemente rota —Ally, angustiada, apenas se daba cuenta de lo que decía–. ¡Sí, salir huyendo es algo de lo que no estoy orgullosa, pero no podía quedarme con un hombre que no quería saber nada de una mujer embarazada!

# Capítulo Dieciocho

Ally se calló al darse cuenta de lo que había dicho. Dejando escapar un gemido, se tapó la boca con la mano, pero las palabras quedaron colgadas en el aire como una nube venenosa.

—¿Me lo dijiste? ¿Me dijiste que estabas embarazada?

Ally se llevó una mano al abdomen, como para proteger a su hijo. «Perdona, cariño, pero tengo que hacer esto».

—La primera vez sufrí un aborto —suspiró—. Dos semanas después de llegar a Dinamarca.

—¿Cómo?

—Fue un accidente. Me caí por la escalera y perdí el niño.

No le contó nada más. No serviría de nada decirle que se había caído porque estaba llorando, abrumada de dolor, la primera noche que discutieron, cuando Finn le dijo la fría verdad: que la empresa familiar siempre sería lo más importante para él.

—Finn, fue algo que ocurrió. Sencillamente.

—Dime qué pasó después.

—Me llevaron al hospital y, al día siguiente, volví a casa. Pero algo había cambiado, algo que ninguno de los dos parecía capaz de controlar. Luego sufrí una gastroenteritis y tuve que tomar antibióticos. Por lo visto, los antibióticos pueden hacer que disminuya el efecto de la píldora. Por eso debí de quedarme embarazada.

—Y yo te había dicho que no quería tener hijos.

—Así es —suspiró Ally—. Nunca hablabas del divorcio de tus padres, así que pensé que tendría algo que ver con eso, pero no te pregunté. Cuando llegamos a Dinamarca, tú cambiaste por completo, Finn. Del todo. Eras otro hombre, alguien a quien yo no conocía…

—¿Por qué aceptaste ayudarme? ¿Por qué, después de todo lo que te he hecho, Ally?

—Has sido mi marido, Finn. Lo hemos compartido todo durante un tiempo.

Él la miró, pensativo.

—¿Qué pasó después de que perdieras el niño?

—Discutíamos mucho, pero siempre acabábamos en la cama. La situación era intolerable. El último día, cuando te dije que me marchaba, me ofreciste dinero, pero yo no quise aceptarlo. Tu padre intentó convencerme para que me quedase, pero cuando se dio cuenta de que lo decía en serio, él mismo me llevó al aeropuerto. Volví a Sidney, descubrí que estaba embarazada otra vez... y decidí que lo mejor era alejarme de tu vida para siempre.

Ally cerró los ojos, recordando aquel momento de terrible soledad, de insoportable angustia.

—¿Cuándo pensabas contarme todo esto?

—No pensaba contártelo.

—¿No crees que merecía saberlo?

—¿Para qué? ¿Te sientes mejor ahora?

—Ally, yo tenía derecho a saberlo.

—Bueno, pues ahora ya lo sabes —replicó ella, a la defensiva—. Y no va a cambiar nada.

—He sido un idiota. Más que un idiota. Cómo has podido soportarme, no lo entiendo.

—Finn...

—No sé cómo pedirte perdón, Ally. Ojala pudiera recordar...

Ella sintió compasión por aquel hombre que se debatía entre las sombras.

—Lo siento mucho. Pero quizá es mejor que no recuerdes nada. Además, a mí me gusta más este Finn. Mucho más que el otro.

Y entonces, sin pensar, dio un paso adelante y buscó sus labios como había hecho tantas veces en el pasado.

Y él la apretó contra su pecho con todas sus fuerzas, como si así pudiera recordar, como si así pudiera encontrarse a sí mismo.

# Capítulo Diecinueve

El sol empezaba a ponerse pero brillaba, aún desafiante, a través de las cortinas del dormitorio.

Ally se movió a su lado, el pelo atrapado bajo uno de sus brazos, una sedosa pierna sobre las de él. Finn la miró... miró las pecas de su nariz que había besado una y otra vez, las largas pestañas que se habían cerrado sobre los ojos grises cuando la llevó al orgasmo con su lengua. Esa maravillosa boca que había reído y suspirado... esa boca que lo había vuelto loco.

Su entrepierna se endureció al recordarlo.

Con cuidado para no despertarla, Finn puso la mano sobre su abdomen para tocar el aún ligero abultamiento.

Su hijo.

Emocionado, tuvo que tragar saliva.

Le había hecho tanto daño. Había sido un egoísta, un necio. Y, sin embargo, milagrosamente, ella le estaba dando otra oportunidad. Estaba allí, con Ally, en su cama. Y seguían casados.

Entonces notó un ligero movimiento…

–¿Puedes sentirlo? Es la primera vez que noto que se mueve –dijo Ally, medio dormida.

Finn se inclinó para buscar sus labios, esperando una ardiente respuesta; una que borrase todos los recuerdos del pasado. Pero Ally no le dejó. En lugar de eso se derritió entre sus brazos con tal ternura que Finn dejó escapar una gemido de frustración.

«Maldita seas por ser tan comprensiva. Maldita seas por perdonarme».

«Y maldito yo por amarte».

Era casi como si fuera la primera vez para los dos, pensaba Ally, mientras Finn se colocaba sobre ella. Su boca, horas antes tan exigente, tan dura, se había vuelto tan suave que querría que no parase nunca de besarla. Finn acariciaba su pelo, colocándolo sobre sus pechos para que sus pezones sobresalieran entre los rizos.

–Tonto…

–Mira, *elskat*. Míranos.

Ally miró hacia el espejo, donde estaban reflejados. Las sábanas revueltas, sus piernas enredadas en la cintura masculina, sus brazos morenos envolviéndola, sus dedos, largos y elegantes, acariciando sus pechos…

Mientras miraba, Finn inclinó la cabeza para chupar uno de sus pezones.

–Míranos, Ally –le ordenó cuando ella empezaba a cerrar los ojos.

Y eso hizo. Se quedó como transfigurada mientras Finn metía la mano entre sus cuerpos para acariciarla. Con destreza, sus dedos acariciaban el capullo escondido entre los rizos oscuros hasta que explotó de placer.

Pero él no se detuvo. Mientras sentía los primeros temblores del orgasmo, Finn levantó sus piernas para colocarlas sobre sus hombros y desapareció dentro de ella.

*«Jeg elsker dig».*

«Te quiero».

Sabía que no podía decir esas palabras en voz alta. Sabía que ella no querría escucharlas. De modo que se lo demostró con cada beso, con cada caricia, con cada embestida de su cuerpo, Finn la amó.

Y si no podía cambiar el pasado, al menos tendría que asegurarse de que su futuro empezaba bien.

Y eso significaba contarle la verdad.

Una hora después, Finn le dijo en voz baja:

—Tengo algo que contarte.

—Dime.

Ally estaba entre sus brazos, acariciando suavemente su pecho.

—Hay algo que debo… —no pudo terminar la frase porque en ese momento sonó su móvil.

—Contesta —dijo Ally—. Podría ser importante.

Él la miró mientras se ponía el albornoz. Miró los rizos cayendo sobre sus hombros, su hermoso perfil, la elegante curva de su espalda...

—¿Adónde vas?

—Al baño.

Suspirando, Finn tomó el teléfono.

—¿Sí?

—¿Finn?

—*Ja?*

—Comprueba tu correo electrónico. Creo que hay algo que podría interesarte.


Finn se vistió antes de salir del dormitorio.

—¿Ally?

Sólo le contestó el silencio.

No estaba en el salón, pero cuando entró en la cocina encontró una nota sobre la mesa: *He salido a comprar algo para cenar. Vuelvo enseguida.*

Suspirando, Finn volvió al salón y se acercó al escritorio para encender su ordenador portátil.

Y allí estaba.

La respuesta.

El final de su búsqueda. El final para Ally y para él.

Louisa le había enviado una carta escrita por su padre el día del accidente, en el hospital. Finn la leyó una vez, pero tuvo que volver a leerla de nuevo, incrédulo:

*Querido Finn:*

*Esta carta y codicilo escrito a mano servirán como prueba legal por si me ocurre algo. Y si estás leyéndola, eso significa que algo me ha pasado y no he tenido tiempo de formalizar un nuevo testamento.*

*Como sabes, soy un hombre de acción, no de palabras. Pero, por favor, acepta mis disculpas si crees que no te he prestado suficiente atención. Eso es lo que más lamento pero, claro, siendo mi hijo, nunca me lo dirías.*

*He hecho lo que he podido para ser un buen padre y eso, para mí, significaba darte un hogar estable tras la muerte de tu madre y, por supuesto, la mejor educación posible. Incluso pensé que casándome con Marlene podrías encontrarte más arropado, aunque a los siete años ya eras casi un hombrecito.*

*Pero los dos sabemos cómo ha acabado eso y lo siento.*

*Y eso me lleva de nuevo a esta carta. Los médicos van a hacerme un chequeo completo y no espero que encuentren nada demasiado malo, pero ya sabes que a mí me gusta tenerlo todo controlado. Voy a cambiar mi testamento de todas formas, pero este codicilo servirá como confirmación de mi última voluntad.*

Finn parpadeó, tragando saliva antes de seguir leyendo.

*Cuarenta y cinco por ciento de las acciones de Sorensen Silver son para ti. El cuarenta y cinco por ciento res-*

*tante son, como ya sabes, de los miembros del Consejo de Administración, incluida Louisa. Ally recibirá el diez por ciento restante. Tú sabes que los diseños de Louisa han sido muy importantes para la empresa, de modo que eso no te sorprenderá. ¿Pero Ally?*

*Me gustó desde que la conocí. Incluso la quise como a una hija. Gracia a ella, empecé a darme cuenta de algo: la familia es más importante que trabajar catorce horas al día. No hay mejor momento que ahora para conocer a mi hijo, para vivir y experimentar la vida fuera de mi despacho. Ella me ha enseñado eso, hijo. Ally es buena para ti y tú… en fin, tú no has sabido verlo. Eres demasiado obstinado y estás demasiado obcecado con el trabajo.*

*Te pareces a alguien a quien los dos conocemos, ¿no?*

*Muy bien, no sabía qué hacer para que os reconciliarais y por eso he pensado dejarle ese diez por ciento de la acciones. De esa forma, Ally seguirá en tu vida hasta que te des cuenta de lo que has perdido.*

*Como yo no lo he hecho bien, te recomiendo que aprendas a comunicarte con ella. Inténtalo. Al final, sé que sigues queriéndola y eso es lo único que importa.*

*Tu padre,*

*Nikolai Sorensen*

Finn se echó hacia atrás en la silla, respirando profundamente, abrumado por el descubrimiento.

Había creído conocer a su padre. Un hombre

distante, interesado sólo en su trabajo. Había aceptado eso desde que era un niño, pero ahora...

Casi le dio la risa. No era exactamente como su padre lo había planeado, pero gracias a él, aún podía recuperar a Ally.

Ella entró unos minutos después, despeinada, con la nariz un poco colorada por el frío. La madre de su hijo, la persona que había cambiado todo su mundo.

«Ya puedes dejar de buscar».

Su corazón empezó a latir un poco más rápido.

—He ido a comprar algo para cenar... ¿qué pasa?

—Sé lo que pasó.

Ally lo miró, sorprendida.

—¿Has recuperado la memoria?

—No, ha llamado Louisa para decirme que abriese mi correo. Han encontrado el codicilo.

Ally tragó saliva. Lo habían encontrado. De modo que ya no había razón para que Finn siguiera en Sidney.

«No hay final feliz para Finn y para ti». «¿Lo habías olvidado?».

—Me alegro por ti. ¿Dónde estaba?

—Nikolai lo escribió en el hospital y una enfermera firmó como testigo. Cuando estaba en el quirófano, Marlene sobornó a la enfermera para que lo robase pero, aparentemente, la mujer pensó que podía ganar más dinero como delincuente que como personal sanitario e intentó chantajear a mi madrastra.

—¿Y cómo te has enterado de todo eso?

—El marido de la enfermera encontró el papel y llamó a las autoridades.

—Muy bien. Entonces, supongo que volverás a Copenhague cuanto antes —dijo Ally, sin mirarlo.

—Ally...

—Por favor, no lo hagas más difícil. Tienes que irte. La empresa te necesita. Ahora, tú eres Sorensen Silver.

—Y tú también.

—No, yo no.

—Mi padre te ha dejado el diez por ciento de las acciones.

Ally lo miró, perpleja.

—¿Qué?

—Lo que has oído. Y eso era lo que yo iba a decirte antes de que llamara Louisa. Mi padre te dejó el diez por ciento de las acciones de Sorensen Silver.

—¿Y por qué hizo eso?

—Porque te quería. En la carta que acabo de leer dice que había empezado a quererte como si fueras su hija.

Ally tuvo que hacer un esfuerzo para contener las lágrimas.

—No quiero ese dinero.

—Pero es tuyo.

–Me da igual…

–Puede que a ti te dé igual, pero necesitas ese dinero para criar a nuestro hijo, Ally.

Ella lo miró entonces, pensativa.

–¿Y tú lo sabías?

–Sí. Mi padre se lo contó a un médico en su lecho de muerte.

–Prometiste que no me mentirías, Finn. ¿Esto era parte de tu plan? ¿No contarme la verdad para que no tuviera más remedio que ayudarte?

–¡No! No es eso en absoluto. No quiero que haya secretos entre nosotros, Ally. No te lo conté porque no sabía si encontraríamos el codicilo y en caso de no encontrarlo tú no obtendrías ese dinero. Además, aunque no hubiéramos encontrado el codicilo, yo estoy dispuesto a cuidar de ti y del niño y…

–No necesito que me cuides –lo interrumpió Ally–. Max me ha ofrecido mi trabajo con un aumento de sueldo, así que puedo cuidar de mí misma. Y no quiero retomar una relación que nos destrozó a los dos…

–¿Crees que me iría, que te dejaría sola sabiendo que estás embarazada? Hazlo por el niño. Acepta mi oferta.

Su hijo. Ahora lo único que le importaba era el niño. Ella no le había importado nunca, pensó Ally.

–No.

–Ally...

–Por favor, Finn, márchate. Has encontrado el codicilo, así que no hay razón para que te quedes.

Y después, como no podía soportar la idea de decirle adiós, Ally corrió al dormitorio y cerró la puerta.

–¡Ally!

Finn siguió llamándola, pero ella se tapó los oídos.

El portazo unos minutos después confirmó que se había ido. Y, dejando escapar un gemido de desesperación, Ally empezó a llorar.

# *Capítulo Veinte*

Horas después, Ally observaba el cielo. Un avión pasó por encima de su edificio y, sin saber cómo, supo que todo había terminado. Sorprendentemente, no volvió a llorar. Ni cuando abrió la puerta del dormitorio, ni cuando se sentó en el sofá mirando unos folios que había sobre la mesa. La escritura del apartamento y los papeles del divorcio, claro. Finn los había dejado allí para que los firmase. Pero ni siquiera eso la hizo llorar.

«Quizá me he vuelto loca», pensaba.

Quería cuidar de su hijo de la mejor manera posible, pero sabía que Finn no estaba enamorado de ella. No le sorprendía su oferta de ayudarla económicamente, pero Ally quería más. Lo quería todo. O nada.

Suspirando, tomó los papeles para firmarlos. Era lo mejor. Tenía que terminar con aquello lo antes posible. Pero cuando miró el primero se dio cuenta de que no era lo que pensaba. No era la escritura del apartamento. Ni los papeles del divorcio. Finn se había ido rompiendo su promesa. No tenía casa. Seguían casados. Su vida era la misma que un mes antes, salvo que ahora tendría para siempre aquellos recuerdos agridulces de su encuentro con Finn...

De repente, oyó que se abría la puerta y se volvió, asustada.

—¡Finn! Creí que te habías ido.

—¿Por qué iba a irme?

—Has encontrado el codicilo...

—Olvida el estúpido codicilo por un momento. Estoy enamorado de ti, Ally. ¿Por qué iba a marcharme?

Ella parpadeó.

—¿Qué?

—Ya me has oído. Estoy enamorado de ti. No quiero irme. No puedo hacerlo. Saber que una vez te dejé ir sin hacer nada me mata, Ally. Porque tú me conoces mejor que nadie. Tú me entiendes. Te miro y... se me para el corazón. Te quiero.

Ella sacudió la cabeza, incrédula.

—No puede ser.

—El hombre que conociste una vez, el hombre con el que te casaste, ha desaparecido. No lo sé, quizá ha sido un truco de la vida para enseñarme una lección. Pero si me dejas, pasaré el resto de mi vida intentando demostrarte que te quiero, que te quiero de verdad. *Elskat*, mírame.

Ally levantó la cabeza, nerviosa.

–Puede que nunca recupere la memoria del todo, pero lo que tengo ahora es más que suficiente. Tu sonrisa, tu pelo, cómo te quiero. La vida me ha dado una segunda oportunidad para tener una familia y no hay nada que desee más en este mundo.

–Pero tú…

–Sí, ya sé que el antiguo Finn Sorensen no quería saber nada de hijos. Pero ya no soy ese hombre. Quiero a ese niño y te quiero a ti, mi mujer. Y por eso voy a quedarme aquí, contigo, en Sidney.

–¿Qué? Pero tu trabajo está en Copenhague… y tu familia, tus amistades.

–Esa vida me estaba matando. Estaba matando mi alma, desde luego. No la quiero para nada. He tenido que sufrir un accidente para darme cuenta. He tenido que leer una carta que escribió mi padre un día antes de morir para entender lo que es la vida, Ally. Aparentemente, no soy tan listo como creía.

–Pero…

–Si estás preocupada por la empresa, deja de preocuparte. Sorensen Silver está en período de expansión y Asia y Oceanía eran el primer objetivo de mi padre. Puedo dirigir la empresa desde aquí, Ally. Si tú quieres… si me quieres.

–Pero yo…

–Ya sé lo que estás pensando. Pero esta vez será diferente. El trabajo no nos separará, cariño. Contrataré más gente, trabajaré la menor cantidad posible de horas. Si hay algo importante para mí en este momento eres tú. Y nuestro hijo.

–¿No vas a trabajar catorce horas diarias? Debo de haber perdido la cabeza –murmuró Ally–. No puedes dejarlo todo por mí, Finn.

–Por ti, por nuestro hijo, por nuestro futuro.

–Pero…

–Los dos hemos cometido errores en el pasado, sobre todo yo –la interrumpió él, apoyando su frente en la de Ally–. Y el mayor fue dejarte ir. No voy a dejar que eso ocurra nunca más, *elskede*.

«Mi amor». Ally cerró los ojos y las lágrimas empezaron a rodar por su rostro sin que pudiera evitarlo.

–Te creo. Nunca he dejado de quererte, Finn. Estas últimas semanas te lo habrán demostrado, espero. Sé que has cambiado, lo he visto cada día. Pero no quería creerlo, me daba miedo creerlo.

Finn levantó su cara con un dedo.

–No llores…

–Parece que siempre estoy llorando, ¿verdad?

–¿Estás triste?

–No. Son las malditas hormonas.

–¿No es por mí?

–No es por ti, Finn. Tú ya no me haces llorar –sonrió Ally.

Y luego lo besó, profundamente, con todo el anhelo y la desesperación de los últimos meses. Lo besó, sabiendo sin ninguna duda que aquella vez estaban hechos el uno para el otro.

—Pero voy a poner un par de condiciones —dijo luego.

—¿Sí?

—Que no volvamos a discutir nunca.

—Hecho.

—Y que el trabajo se quedará en el trabajo. Los fines de semana y las noches serán sólo para nosotros.

—Lo que tú digas —sonrió Finn—. Y ahora di otra vez que me quieres, que nunca has dejado de quererme.

Ally tomó su cara entre las manos.

—*Jeg elsker dig.*

Finn besó sus mejillas con tanta ternura que Ally pensó que iba a estallarle el corazón.

Su vikingo danés. Se emocionaba al pensar en el maravilloso futuro que los esperaba.

Finn bajó la mano para tocar su abdomen, la diminuta vida que crecía dentro de ella, y en sus ojos había tanto amor…

—Y yo te quiero a ti, Alexandra McKnight —dijo en voz baja—. Prepárate para oírlo a menudo.

# *Epílogo*

Nikolai Jacob Sorensen entró en el mundo gritando y moviendo los bracitos como si quisiera protestar por algo.

Ally apartó los ojos de aquella maravilla y diminuta criatura para mirar a su marido, su rostro enrojecido de orgullo y emoción, mientras tocaba los deditos del pequeño Nikolai.

Al ver la mano grande de Finn envolviendo la diminuta del niño el corazón de Ally se llenó de felicidad. La emoción que veía en el rostro de su marido era embriagadora.

Entonces él la miró, sonriendo. Y en esa sonrisa vio amor verdadero.

–Su madre y su abuela están esperando fuera –los interrumpió la enfermera–. ¿Puedo decirles que pasen?

–No, aún no –contestó Ally, sin dejar de mirar a su marido–. Quiero disfrutar de este momento un poquito más.

–¿Feliz, *lille skat?* –Finn le colocó uno de los rizos detrás de la oreja.

–Muy feliz. Tengo un niño precioso, una casa maravillosa en la playa, un contrato para escribir dos libros, una columna en una revista, el mejor marido del mundo... ¿qué más puedo pedir?

–¿Me pones por detrás del contrato y de la columna? –bromeó Finn.

Riendo, Ally besó a su marido sobre la cabecita de Nikolai, sellando aquel momento perfecto con un beso perfecto.

# Deseo™

# Sentimientos ocultos

### Heather MacAllister

Maddie Givens deseaba desesperadamente ser útil a los demás y seguir
el buen camino, pero nunca lo conse-
guía. No había nada más que ver lo
que había ocurrido cuando se había
ofrecido a ayudar a su hermana con
el espectáculo de Navidad. Antes de
que hubiera podido reaccionar, dos
granujas se habían llevado su coche... con su sobrino dentro. Pero
cuando el guapísimo Steve Jackson
apareció en su moto para rescatarla,
Maddie se preguntó de pronto qué tal
sería ser mala de verdad...

**Era la hija del pastor, tenía que ser una niña buena,
aunque... en realidad no era tan buena**

# Acepte 2 de nuestras mejores novelas de amor GRATIS

## ¡Y reciba un regalo sorpresa!

## Oferta especial de tiempo limitado

**Rellene el cupón y envíelo a**
**Harlequin Reader Service®**
3010 Walden Ave.
P.O. Box 1867
Buffalo, N.Y. 14240-1867

**¡Sí!** Por favor, envíenme 2 novelas de amor de Harlequin (1 Bianca® y 1 Deseo®) gratis, más el regalo sorpresa. Luego remítanme 4 novelas nuevas todos los meses, las cuales recibiré mucho antes de que aparezcan en librerías, y factúrenme al bajo precio de $3,24 cada una, más $0,25 por envío e impuesto de ventas, si corresponde*. Este es el precio total, y es un ahorro de casi el 20% sobre el precio de portada. !Una oferta excelente! Entiendo que el hecho de aceptar estos libros y el regalo no me obliga en forma alguna a la compra de libros adicionales. Y también que puedo devolver cualquier envío y cancelar en cualquier momento. Aún si decido no comprar ningún otro libro de Harlequin, los 2 libros gratis y el regalo sorpresa son míos para siempre.

416 LBN DU7N

| | |
|---|---|
| Nombre y apellido | (Por favor, letra de molde) |
| Dirección | Apartamento No. |
| Ciudad | Estado       Zona postal |

Esta oferta se limita a un pedido por hogar y no está disponible para los subscriptores actuales de Deseo® y Bianca®.
*Los términos y precios quedan sujetos a cambios sin aviso previo.
Impuestos de ventas aplican en N.Y.

SPN-03

# Julia™

Después de la muerte de su madrastra, el ejecutivo Jake Braddock se enteró de que podría tener que compartir la custodia de su hermanastra, de cinco años, con una bella bailarina… que no era precisamente lo que él entendía por una madre ideal.

Chloe Haskell apenas empezaba a acostumbrarse a ser la mamá de la pequeña Brianna cuando empezaron los problemas con el rígido Jake, que parecía empeñado en pelearse con ella por todo. Pero la hermosa Chloe no tardó en ganarse la simpatía del texano… y algo más que él no estaba dispuesto a admitir…

El camino de la felicidad
Judy Duarte

# El camino de la felicidad

## Judy Duarte

**¿Estaba preparado para hacer un hueco en su corazón para aquella mujer?**

# Bianca™

**Pretendía acostarse con ella y olvidarla, pero…
no contaba con los milagros navideños…**

El empresario siciliano Dante Russo se había hecho rico y poderoso siendo implacable. Por eso no tuvo la menor misericordia con Taylor Sommers cuando supo que su negocio estaba en peligro. Ella había puesto fin a su romance hacía tres años y ahora Dante iba a aprovechar la oportunidad para hacerle chantaje y conseguir acostarse con ella. Así la olvidaría para siempre.

Tally era ahora madre de una niña encantadora, pero la noticia sólo sirvió para que el corazón de Dante se endureciera aún más y aumentara su necesidad de hacerla suya. Sin embargo, por muy rico y despiadado que fuera, ni siquiera Dante era inmune a la magia de la Navidad…

## Boda en Navidad

### Sandra Marton